我不曾见过黢黑的黎明

孙晨云 著

黄河出版传媒集团
宁夏人民出版社

图书在版编目（CIP）数据

我不曾见过黢黑的黎明 / 孙晨云著 . -- 银川：宁夏人民出版社，2021. 11

ISBN 978-7-227-07555-4

Ⅰ. ①我… Ⅱ. ①孙… Ⅲ. ①诗集 - 中国 - 当代 Ⅳ. ① I227

中国版本图书馆 CIP 数据核字（2021）第 277973 号

我不曾见过黢黑的黎明　　孙晨云　著

责任编辑　闫金萍
责任校对　杨敏媛
装帧设计　桂　裴
责任印制　马　丽

黄河出版传媒集团
宁夏人民出版社　出版发行

出 版 人　薛文斌
地　　址　宁夏银川市北京东路 139 号出版大厦（750001）
网　　址　http://www.yrpubm.com
网上书店　http://www.hh-book.com
电子信箱　nxrmcbs@126.com
邮购电话　0951-5052104　5052106
经　　销　全国新华书店
印刷装订　广西广大印务有限责任公司
印刷委托书号　（宁）0022324

开本　787 mm × 1092 mm　1/32
印张　9.5
字数　160 千字
版次　2022 年 2 月第 1 版
印次　2022 年 2 月第 1 次印刷
书号　ISBN 978-7-227-07555-4
定价　68.00 元

目　录

冬天贪婪地吸吮太阳

冬天贪婪地吸吮太阳
它们是好朋友啊
就像诗歌无用又泛滥的今天
多年前的诗作
被一字不改放在一个陌生的公众号上
原创署名是一位陌生的名字
下面开通的赞赏，流淌成一片汪洋
（很多我熟悉的微信号头像，都在里面闪烁）
阅读的瞬间
我的时间缩成一团

太阳其实从来没有抛弃冬天的打算
只是它选择尽量将冬天遥望
否则春天的柔美，那草绿色的萌芽啊
该如何惊醒我们的铁石心肠
我将旧日的稿纸一一铺开
在昏黄的日光下翻检
时间慢慢舒展开来
走到了我的面前

含着羞涩和宁静
悄悄笑出花朵的模样

多年的坚守，大拇指、食指与中指已长出老茧
不绝的诗意游荡在崭新的白纸之上
文字的价值足以驱散片刻的恼怒
拿去吧，拿去吧
觉得美又不会写。你就拿去吧
一声不吭拿走送给更多的人欣赏吧
我何尝不是在文字堆积的故园里打滚
然后努力建筑自己文学的驿站
争当那冲锋在前的哨兵
从凌厉的冬天走到温柔的春天
静静听那枯叶与嫩叶，轮番将我的名字
在丝线般美妙的光阴里吟唱

2019-12-15
修改于 12 月 24 日

冬日生长着谎言

齐云山冬日的山林
被苍黄色覆盖
唯有那笔直刺向天空的松枝
绿意盎然，倔强地思念着春天
平日里最常见的雾
今天恰恰轮休
云雾缭绕的盛景只能在此刻想象
一步一个台阶走上去
在绕过一座小亭之后
撞到黛灰色的岚烟
将凛冽的空气与飞鸟的鸣唱
引向山谷的深处，那山涧之畔

野猫扑向跌落的松子
踩得铺满松针的路面嘎吱作响
深潭的表面平静
鱼儿一定在冬眠
水草上的露珠晶莹又圆润，不忍滑落
不忍唤醒沉睡的鱼儿

谁能保证，醒来之后
就能给予它一场浩瀚的春梦
冬日的山野宁静无限
一只幼小的松鼠崽横在路面上
无数的松子围绕在它的身边
与头上的白云和林间的山风
一起演绎着静默的挽歌

生命来来往往
冬日生长着谎言
冰的寓言，不会被阳光理解
深潭表面一圈圈不曾明察的细纹
涤荡着过往、今天和明日
过完这个腊月
这里的一切都将改变
没有什么亘古不变
没有什么地老天荒

2020-01-04

我尝试着进入一片落叶的生活

在铺满落叶的台阶上
我踩上去的脚印已经不会发出声响
落叶累积的厚度，已经接近了台阶本身的厚度
有多少新鲜的生命在其中孕育
完全可以想象
虽然是数九寒天
热情的阳光依然穿不透密林的遮蔽
只有斑斑点点的树影
印在厚厚的落叶之上
它们痛不痛，有没有感觉到我的脚印
对待它们的柔软、依恋和期待
我毫无所知，这驱使着我
尝试着进入一片落叶的生活

山林的深邃引诱着陷入沉思的我
将疲乏的脚步继续向前
太阳显而易见地没有那么长情
山林的和风与冷风的切换

就在隐藏在深处的那汪深潭前瞬间完成
原本累赘多余的脂肪，一下子亲切可爱起来
我缩了缩细长的脖子
那里暂时还没被脂肪攻陷
我的脖子此刻就是落叶的头部所在
我身体所有的血液
此刻正流经脖颈奔涌向头部的方向
那是一片落叶根植于大地深处的愿望

我尝试着进入一片落叶的生活
忘记人世间所有的痛
小寒的节气
丝毫不需要最终会结成冰凌的泪水
生命浓缩再浓缩
就是一片落叶的大小
所有美好或丑陋的故事
在大地深处一一演出，再一一落幕
落叶的脱离，是必然还是事故

谁是它的母体，是大树还是大地

这些都不好说

小寒的节气

我用脚步丈量一座寒山

用向上攀登产生的热量冲击凝滞的脉搏

和冰冷的心

我用手揉搓着飒飒作响的落叶

它们一遍又一遍和不曾远飞的鸟儿一起

在密不透气的山林里歌唱着

人间值得

我尝试着进入一片落叶的生活

我尝试着做大地最温顺最羞怯的孩子

我尝试着仰望天空

与骄傲的大树恋爱

结一场夏日里浩瀚无边的海誓山盟

深潭看见我的眼泪，以及清澈

冬眠的鱼儿不会迷途

轻灵的飞鸟晚上会归巢

今天的落叶在明日可能就是一朵花朵

唯有人间岁月是一部书写不尽的

痛苦之书

2020-01-08

世界好像都热疯了

没有对生活的绝望，就不会爱生活。

——加缪

澳大利亚的山火一直在燃烧
大家都说因为桉树太易燃
可爱的考拉很多变成了枯焦的“烤啦”
摄氏 40 度以上的高温，轻易就可以拥有
在深圳由小寒向大寒过渡的时节
我穿着夏日的短袖
美丽的羽绒服被我寄到了远方
世界在我们的面前，热疯了
然而今日并没有太阳在空中照耀
唯有阴沉的天空
和寒冬勉强挂上了钩
眼前整片灰蒙蒙的绿色
没有一丝颜色可以愉悦人的双目

爱与温柔，只是停留在文字上的抒情
就像夜风吹拂在荒原之上

它们并不会彼此拥有
你就是你，我还是我

2020-01-09

记录一场清晰的梦境

昨夜我在梦中
坐上一个巨大的热气球
飞到了一个冰雪覆盖的洁白的世界
远方的朋友也来了
她俩是插着翅膀来的
一只翅膀用于飞翔
另一只一直在准备着继续飞翔
她俩给我带来了一件洁白的羽绒服
就是天使才会穿的那种
当我穿上它的时候
纷纷扬扬的大雪就落了下来
再后来，雪越下越厚
风都吹不动它们了
载我的热气球也被大雪埋在了地下
她俩用来飞翔的翅膀被雪压坏了
于是我和风一起
呜呜呜哭了起来

上帝之眼微微闭上了

每个慈悲的人

都以为自己是慈悲的佛

2020-01-09

那是一片 2019 年的树叶

那是一片 2019 年的树叶
颜色微微泛黄，灰尘覆盖其上
看上去实在是蓬头垢面
就那样直直地垂挂了下来
迎面撞上了在园博园闲逛的我们
我轻轻吹上一口气
企图吹走叶子身上的尘垢，以及
旧岁给予她的迟钝或者说印迹
后面的孩子嘻哈而过
顺手揪下她和她的同伴整整一长串
（剧痛应是那刹那间的分离。后面，后面该是彻底解脱了的释然，以及无穷尽的肃静。她们在树上的伙伴，可以听见那缠绵被掐断时的一声呐喊）
拖在地上，孩子们竞相追逐起来
停在枝头休憩的鸟儿瞬间飞起
同伴的声音轻柔，眼波婉转
2020 年的第一幅动画
就这样来了

那是一片 2019 年的树叶
充满时日未尽的无奈，还有淡淡的悲哀
我们可见的是花园的辽阔
和清新的空气里细弱的花果香味
前面的茶花园已经有些颓败
宛若刚刚逝去的那片叶子，以及
2019 年我们曾经触摸过又消逝了的岁月
旧和新，看见与失去，肉体与灵魂
都曾听见晨钟暮鼓的声音
时至今日
有些倒下，有些前行

2020-01-10

我将试着发明爱

如果冬天已经不存在
上哪里去寻觅雪的洁白
如果蓝天已经不存在
上哪里去记录白云的轨迹
如果熊熊燃烧经久不灭的大火
不能让我们放下一己的私利
将责任归咎于植被的单一和桉树的易燃还有会放火的鸟的破坏
世界还会以怎样的面目存在
（蓝山已经变为黑山，这是目前的状况）
如果贫穷依然会夺走青年的生命
理想将以怎样的态度在人世间安身
（辣椒本身没有错，错的大约是没有油）
如果。如果。如果。

清风的翻动可以掀开脆弱的书页
对那经年的龌龊的尘埃
却是白雪也覆盖不了的罪恶
或者，我将试着发明爱

像个钢琴家演奏出流水般纯粹的音符
像个小说家将新世界的颜色用文字写出来
像个画家手指间挥洒出白日的色彩
像个待产的孕妇努力诞下纯洁的婴儿

是的，我将试着发明爱
在这迷幻的新时代

2020-01-14

被诗歌选中的人

在暗夜黑沉的时候
望着书桌上摊开的诗集
我愿意相信自己是一个
被诗歌选中的人
相较于在大庭广众之下的侃侃而谈
我更喜欢做一尾鱼
在一行行或忧伤或明媚的诗歌中悠游
更不必说那些人群汹涌的时刻
我一定就是那个选择悄悄退隐
然后独自攀登一座山峰的，冷漠的人
携带着远古的气息
以及诗章冰冷又炽热的深情

人生的路
无论怎样走下去
最终都会消隐在永远的寂然之中
做一个被诗歌选中的人
在这花花绿绿的红尘之中

无论何时被划上休止符
都可以认可自己完成了此生的使命
孤独似那永生，没有枯竭的时候
在生活的每一个驿站准时将我守候
以至每一声轻轻的叹息
都饱含着四季天然的芬芳和柔情

荆棘躲藏在密林中
鲜艳的花朵明晃晃地冲人微笑
毒蛇隐身在暗处，它不知道
自己的蛇信子吐出的白色泡泡已经将它出卖
我兀自走上那条僻静的小路
将沿路敞开的各色诱惑之门轻轻掩上
安心做一个被诗歌选中的人
沉沦于无垠的广阔与寂寥之中

2020-01-15

走在追求奇迹的路上

写诗的人
大多数心灵都是柔软的
就是那种在漆黑黑的夜里
误入森林并不害怕的人
森林在她的眼中并不是完全的黢黑
有些深邃的蓝，有些活泼的绿
一般的人看不见罢了
她的如实记录
在大多数人的眼里或许就是笑话本身
她是那极少数的，替神明开口的人

用眼睛看待世界和用心灵看待世界
是不一样的，哪怕是并排走在同一条路上
那条路也会分出岔路
大多数的人走上了岔路
那一路的风景仅仅是风景
比如看见微波荡漾就是微波荡漾
没人能体会出微波荡漾下，湖水的忧伤

看见蓝绿色森林的人
始终走在追求奇迹的路上，心无旁骛
看见微波荡漾
她会停下脚步，坐在湖岸边
用手轻轻试探湖水的温度
然后以温柔的歌声容纳湖水的悲伤
就像用手轻轻抚摸母亲脸上岁月的皱褶
就像蹲在地上
一边给弯不下腰的父亲剪去长长的脚指甲和脚边的老茧
一边宽慰脸红的父亲，我也有老去的那一天
或者直接就在湖的岸边躺下来
做一个缤纷的梦，飘逸在湖面之上的美梦

就这样走在追求奇迹的路上
接受自己短暂的迷失和眩晕
接受生活的疼痛和沿途的泥泞
接受青春岁月里美好的遇见
接受爱的邀请，接受不爱的伤心

接受生命里不可避免的告别
接受成功后身子的厚重
接受失意时脚步的轻微
接受黄昏总是来不及要赶走白日
接受黎明总是在不经意间悄悄替代黑夜
接受第一缕朝霞唤醒森林里的花草树木
心里面明镜一般并非没有痛
但终归好过盲目的苟活

就这样走在追求奇迹的路上
将自己融入森林的广阔之中
将自己走成风景的一部分
直至变成风景本身

2020-01-16

岁月无声凝视

岁月无声凝视
我的欢乐与哀愁
谁是我的太阳
谁又是我的大雨
谁是我的恩宠
谁又是我的孤独

流言像人一样，会变老，会消逝。

时光安静如雪

时光安静如雪

画一朵彩云，献给明天的朝阳

试着体会你们的悲哀

试着体会你们的悲哀
返程的票，买了又退，退了又买
人到暮年
渴望按照自己的意愿生活
（虽然从来不能如愿）
渴望团圆的美满
（如果没有，就生生造出来）
渴望那隐藏在百般纠结之下的敏感的心，被子女看见
（我们从来不会追本溯源。只会说：啊，真可怜；啊，真能折腾）
渴望见到美丽的春天
渴望微薄的自尊能够持有

就像寂静的沙滩永远渴望归帆
就像南迁的鸟儿永远渴望归乡

试着体会你们的悲哀
冬日昏黄的阳光冰冷
买了两打口罩给你们

继续在故乡跋涉吧，久一点再久一点

会有一些平静的时光

如果一定要惩罚

就让晴天的雨降临到我的身上

2020-01-23

年

此刻有谁在世上的某处哭，无缘无故地在世上哭，哭我。

——里尔克

年
第一次杀死了团圆
以冰冷的白覆盖了热烈的红
来自西伯利亚的冷风
没有丝毫的犹豫
以难以想象的速度横扫大江南北
跨越高耸的秦岭与连绵的南岭
最后一片高原净土也未能幸免
蝙蝠扑扇着翅膀在阴冷的洞穴口跳舞
春天的脚步在黎明前的黑暗里徘徊
灰尘沾满了蜘蛛网
隐蔽在暗处安静等待
等待那最后一击的到来

书

书
第一次杀死了团圆
挣脱了年叵测的怀抱
光明正大走上高尚的台面
一百年前书中的描写并不过时
很多立于昨日的誓言
反而显出它们本身的荒诞
在针尖落地都可听见的夜里
没有往年此时此刻应有的嘈杂人声
窗外北风持续问候着你的思考
对面楼宇间的红灯笼闪烁
让你安心陷于书海之中
残暴的年被你狠狠甩在真理之外
你寂寞的侧影
映在橘黄色的窗帘上
无辜的月色皎洁
无人观赏

2020-01-30

立春断章

是的，他想，在悲伤与虚无之间，我选择悲伤。

——福克纳

需　要

大家都需要一个口罩
春天来了还是需要
我没说出口的是
我更想看到一朵朵樱花次第绽放
樱花树下的人们欢喜雀跃
口罩已被摘下
空气里流动着
美妙的春天的花香味道

一个喷嚏

我站在阳台上俯瞰花园
阒寂无人

突然一声猛烈的喷嚏声
从花园里传上来
一个没戴口罩的人
从大树的阴影中走出来
这个喷嚏的始作俑者
枝头的鸟儿怪叫着扑簌簌飞起
我吓得急忙拉上阳台的窗，企图
将不干净的气息挡在春天之外

让雨雪归我，让阳光属于你们

时间非常脆弱
在时间的缝隙里蹦出的每一句话
都是错误
2019 已经过去很久很久
2020 尚未真正到来
焚香与禅坐，感受刹那间的悲欣
虚幻背后的真实遥不可及
空心人的悲
不是每个人都可以承受
让雨雪归我，让阳光属于你们
让月光做成的帆船也属于你们
让所有的纯洁和美好的理想都属于你们
我在岸的这一边，与雨雪同行

春天在雷暴中苏醒

城市在无忧无虑里熟睡
黎明如期来临
这是没有霞光的黎明
黛色的云彩站在棺材与摇篮之间发呆
不知道哪一边，才是她无法逃避的命运
春天在雷暴中苏醒，第一声滚滚的春雷扫过天际
人们在沉睡的黑夜里过早地苏醒了
湿答答的窗棂朦胧了视线
没有一件事物是清白的
于是雨水开始献身，浸润大地

冰箱里的面团是苏醒的
面团里微不足道的酵母早已消散于无形
主妇却是懂得的
酵母让面团发酵，从来不是为了自己
那声惊雷也没有让她手中的面团变形
该怎么吃呢
或者切上几根姜丝配上几颗鱼蛋和几块白萝卜
舌苔稍嫌厚腻再放两小片陈皮一块儿煮开水

将端正的面团揪成数个小疙瘩放进去
出锅时撒上几段大葱白和几粒白胡椒
便是最好的美味，足以匹配酵母沉默的奉献精神
这个时代最最缺失的精神

吃完后人们的脸蛋红红的
足以蔑视寒冬在春天的气息里
不知廉耻地大声喘息
并且尽情想象着
海鸥在礁石上飞起又降落
翻滚的海浪和觅食的海鸥一起寻找着通往春天的道路
我们从黛色的黎明走到了骤雨的黄昏
零碎的哀伤的往事折叠成今日的沉默的抗争
一起开启春的序章
一起开启春的序章

2020-02-13

我将过去守口如瓶

请收下这颅骨吧——它照理是属于你的。

——普希金

从黑暗的地方
费尽心力钻出来
被整片明晃晃的白吓得闭上了眼睛
嘴里嘟嘟囔囔说着上个世纪的故事
他们都听不明白，急了
我哇哇哇委屈地哭了出来
母亲虚弱又温暖的手轻轻抚摸着我
以真挚的爱摧毁了我与生俱来的偏见
让生活在我的眼前徐徐展开
在还不会说话的时候
我就决定
将过去守口如瓶

每个人都有自己的故事
有那么一些尖刺
像大树的根扎根于地下那样

深深扎在自己的心里
没有人存心想拔去，那是带着伤痛的爱意
是我们存在过经历过爱过的痕迹
谁不想自己的生活可以华丽丽落幕
就像大风会奋力吹开层层的迷雾和厚重的云朵
让太阳露头，我愿意为此带着爱永远地睡去
将伤口隐藏
将对过去守口如瓶

这凌厉的春风刺向我
刺进我最深的眼窝
刺进我鲜血堆砌的心
夜幕下的城市与海洋都非常平静
此刻活在世上的我，泪如泉涌
或许共同的创伤
让痛楚相对容易接受
无边暗夜中，这透明的沉寂
我们一起走吧
走过无人的宽阔的街道

走到寂静的沙滩，走到高耸的雪山
用清醒的眼睛感受人间万物的流逝和生长
任过去所有的伤痛堆积
我守口如瓶

给我一个梦想吧
我将再次踏上孤独的旅程
在原本庸碌的生活缝隙之下
忘却恶魔无所不在的窥探
用清醒的眼睛
去搜集那三三两两的爱与希望
将往日的浅薄尽量转化成智慧
请一定相信我的清醒
我将对过去守口如瓶

2020-02-18

自由多么轻佻

英国人的自由主要得力于设施，不在于他本人和他的良心。

——赫尔岑

自由多么轻佻
一会儿向着左边的白云靠拢
一会儿为右边盛开的鲜花倾倒
不要问他的原则
他的黑暗决定了
他是第一个需要看见黎明的人
有没有其他人与他一起见到
这个问题真的不值一提

候鸟纷纷向北方飞去

候鸟纷纷向北方飞去
穿越了无数座山峰和湖泊
人们宅在各自的家中
数着日子里的寂寞和哀愁
眼睛染上了乌云的颜色
老鹰在高空振翅长鸣
赶走了不合时宜的流云
春天在剧烈地咳嗽
消逝了的，是繁花似锦的日子
以及以后的每一次团圆
那些不可避免的缝隙
那些不知所踪的尘土
那些早早夭折的花朵
那些死于伤寒的昆虫

或者你会说
我们还有回忆
可是谁能保证一种回忆
会陪伴人的一生，并且永不失真

春风带来崭新的信仰

不要怀疑。我们会变得更加聪明而不是愚昧

就像候鸟那样，从南至北，来来回回

2020-02-21

我从来不为明天操心

我很怀念以前家中的格局
虽然我做了很长时间，由这套房子构成的，家的奴隶
我费尽心机终于恢复了家以往的样子
当黄昏的阳光斜斜照进家的客厅
我坐在软软的沙发上长舒一口气
我有意忽略了家中的人儿已经逝去的大好时光
为什么要在逝去的事物间寻找意义呢
找来找去哪一样不是写着失败
谁来告诉我？失败的意义是什么

在这个样板恢复之前的家太过拥挤
到处都隐藏着危机
黑暗的角落比比皆是，每迈一步都得当心
我就这样容忍着自己在这样的生活中向前
我知道生活的浪潮很多时候是无情的
它们卷走太多游得太远的人
我只是在浅滩处与海水嬉戏，装模作样的空心人
于是仁慈的岁月允许我上岸
做它永远的仆人

我从来不为明天操心
一开始我就将自己的日子建筑在山顶
那里怪石嶙峋，没有什么人会去到
除了对面与我一样耸峙的山峰
我们相互关照。彼此讥笑

2020-02-22

逝去的那个冬季

春天里开始疯长的草
那千丝万缕的绿意
好像今日里时髦的止痛膏药
歌颂春天比什么都来得重要
以后我们会习惯
在冬天来临的时候
赶紧写好遗嘱
当春天真的来了，我们微微一笑
将无用的遗嘱撕碎
和粉嫩的春意一起飘散在风里
长久的禁足令人厌倦和烦躁
想想那些无辜消逝的啊
我们应该给所有这些拥有的日子
写下大大的感激的惊叹号

逝去的那个冬季
是让我们刳心的季节
（想知道什么叫刳心？空腹吃两颗生蒜，就懂了）
我们默默将期待和祈愿打好包

一股脑儿硬塞进生活里
刻意忽略它的千疮百孔
我们想着有希望就好
我们学习那些回到童年时代的老人
一次次陶醉在精美的玩具里
那个久远的年代有没有这么高明的物件
有什么稀奇，最重要的是此刻的沉迷
木制的马也有着像模像样的金属制的马蹄
提供给每一个摆弄它的老人
像那小巷里嗒嗒的马蹄声，在下一个春天
如约再来的可能

2020-02-24

我不会无缘无故地滑落

春风很不得体
声音里藏着冬的阴冷，以及
春光里不合时宜的失礼
看在花开的分上也好啊
它偏偏要在理应回暖的大地上
画下自己丑陋的身体
惊飞了谄媚的画眉，在人间
留下汹涌的苍白和连绵的恶意
谁愿意背负着一种冰冷冷的生活在人间行走
而不是积极尝试新的环境带来的欣喜

身体的疼痛
比苦涩的二月还要坚持
在这样双重的折磨下
思想变得不是很可靠
写什么与不写什么都是艰难的
只能用持续的阅读维持时光的平衡
告诉自己，时间没有毫无意义地逝去
与痛苦时常见见面也可以很好

只要不持续在意
被凌厉的春风吹乱的，内心破碎的声音

我拔起了摇摇欲坠的蝴蝶兰
饶有兴致地观察着花盆下方隐藏着的蜘蛛网
这逝去的二月时光
像极了挂在蜘蛛网上的那滴顽强的水珠
我可以在百无聊赖中
试着描述它真实的生活
这样的描述让我恍惚间可以看清自己
不要摇晃我
我不会无缘无故地滑落

2020-02-28

有些事情终将发生

尔父卧于五英寻深处 / 他的双眼已化作珍珠

——莎士比亚《暴风雨》

晚上十点的光景
一只野猫在花园里拼命嚎叫
不知道她因为什么感到难过
或者是在害怕什么
花园里夜色深沉，人迹罕至
就像二月早已取代了一月
静悄悄毫无声息
我们仓皇间发现
三月也已经替换了二月
很快，夏天就会到来
我们可能会忘记这个春天所有的故事
有些事情终将发生

三月记得什么呢
记得风中枯死的树木

记得在悬崖面前跌跌撞撞飞舞的海鸟
记得白云与乌云在第一声雷暴里的搏斗
逝去与死亡，本身没有什么不体面的
最难的是透过被灰烬覆盖的表面
探寻灰烬深处的，火焰的温度
我们平静地走入三月
我们知道
有些事情终将发生

在阅读中努力建筑桥梁
使其横跨在各种漩涡之上，人行走其上
牢固并安全
我们人类其实必须学习懂得受罪
只有懂得之后才会得到卡戎的尊重
他不会随便邀请我们坐上他摆渡的船
这样思想的死亡转头离开了
我们不必思考他什么时候再转回来
我们只需要在书本上投入一生

将罪恶扼杀在地底的深处

我们知道

有些事情终将发生

2020-03-01

太平洋没有记忆

太平洋没有记忆
此岸的波涛
喃喃呼唤着彼岸的浪潮
它们不知道该怎样精确地
创建自己，现在以及以后的生活
抬眼望过去
周围一片汪洋，危机四伏
乍暖还寒的日子
旧岁的记忆业已模糊
海面上的空气咸涩沉重
它们同样呼吸沉重
多么希望此起彼伏的忧愁
随着这初起的薄雾逐渐消融

太平洋没有记忆
残余的爱
也不知道该怎样说出口
又说与谁听呢

在人间飘荡久了的爱
长出了獠牙，时不时就想咬人一口
唯有春风不死心
老是盯着那不会愈合的，丑陋的伤口
沙子与波浪在沙滩上来来回回
关于二月最深刻的记忆
只有两个字，寂静。
言语与文字都枯死了
生命中最最重要的事
是这样的难以启齿
好像只要一说出口
它的重要它的无可替代
就会缩小乃至最终消逝

太平洋没有记忆
在冷空气迟迟疑疑的雨水时节
我激动地将外套落在了家里，出门迎接你
夜风散发着一股温暖又难以言喻的气息

外面的人群稀少，并不影响我
无比在意这个春天所有人的情绪
那是我们从此岸到彼岸的
素昧平生又心心相印的疗愈和慰藉

2020-03-03

风鼓动着

天渐渐黑得迟了
从血红色转为靛蓝色需要酝酿很久
而靛蓝色尤其受春日黄昏的青睐
它一定要将白日的一切在我们的眼色里
演变为一场陈年往事
才肯真正地落幕，笑眯眯藏到山后
静静观看着夜幕下的万家灯火
（那铺天盖地的黑色啊，肆意横行，不可一世）
粉色的樱花一朵接一朵落下
在黑色蔓延的情绪里染起一点两点的亮色

此时风鼓动着
万物在枝丫的呼啸声中默默铺陈痛苦
活着的人们
在锅碗瓢盆的交响乐中相互依偎
像南极的浮冰之上
那些互相嬉戏撕扯的企鹅
它们自动摈弃日头越来越暖的绝望

以无知无畏的姿态行走在海洋之上
风同样在它们的身旁鼓动着，努力填满
冰层与冰层之间的缝隙
企鹅与企鹅之间的空隙

世界不再是神明制定的样子
逝去的一切
都在我们的精神上不断地增加分量
此刻风鼓动着
飘零的思绪在十指间游弋
忙着制定新的世界，新的自己
所幸春天的风没有萧瑟之气
它所带来的气息
看上去是这样有情有义

2020-03-06

过往在梦境中再次开启

跃入深处就一去不返，生命那不可测的深度。

——辛波斯卡

过往在梦境中再次开启
非常诚实，没有谎言的藏身之地
过程的美丽让我久久不愿醒来
不是没有不好的痕迹
它们是渐淡渐远的
好像有意自己屏蔽了自己
痛苦的经历慢慢游离出生活之外
就像你弯腰脱袜时发现
在袜跟处那脱落的老皮
直到窗前的鸟啼声累积成雷鸣
直到晨光顽强渗透窗棂与窗纱
有些锈迹斑斑的声音在床前游荡
我从梦中彻底醒来
烧开水吃早餐开始晨读再接着临帖
用喧哗与运动还有各种光鲜的事物
填塞每一天
小心翼翼隐藏起现实的单薄

过往的时光离得如此之近
让我瞬间怜惜起自己苍老的心境
房子是老房子，墙角的青苔已从屋外蔓延至屋内
我知道我的房子与我的不同之处
（我已经忘记这房子是我租住的，好像从我出生开始它一直就是我的住所）
它对时间流逝的感应比我要慢一些
这一路决绝的散佚啊
有些生命的痕迹已被永远中断
（不要轻易想起，不要轻易去触碰悲伤的底蕴）
如果时光的短暂被有意忽略
那么梦里梦外的我们
都是幸福的

2020-03-10

注：此诗献给我的大伯。

此刻是幸福的人

可能是太阳调皮
在我们习惯的阳光万丈的上午十点
突然隐身，以一块巨大的黑色幕布包围了天空
地面上的我们茫然四顾
路灯并没有像真正的夜晚那样如约亮起
整整半小时的白昼如夜
明亮变成了古老且衰微的记忆
我眯缝着眼看着街道上的车灯齐齐打开
引领着它的主人向着未知的前方奔驰
或许太阳也很疲惫
需要适时的黑，来填充它焦虑的生命
（我一直记得，太阳很年轻，像个少年）

北方的风同样在肆掠
京城的人们在颐和园观海
那滔天的巨浪不像是一个湖泊可以制造的异象
每一朵浪花都是独立的
它们每一次的跃起，都是生命抗争的痕迹
延庆的山火最后被扑灭了

不知道有多少野生动物葬身火海
（这是一场热气腾腾的死亡，比胸口的热气慢慢消散要好很多。）
每个戴着口罩行走在长安街上的人回到家
除了嘴巴和鼻子，满身沙尘
和沙尘一起活着，不嫌弃它们
此刻是幸福的人

2020-03-19

注：昨晚异地的朋友焦急地打电话问我，白天深圳发生了什么？我恍然间想起上午十点白昼如夜的场景。此为本诗的缘起。谢谢亲爱的朋友无微不至的惦记。打通电话的那一刻，你我都是幸福的人。

无题

风由北风向东风缓缓推进
甚至有了些南风的和煦之气
它们在枝与叶的缝隙间穿行
忙着填满过去的冬日制造出的千般离恨
云层与云层之间的间隙
被疏朗的阳光照耀着，让人忘记
昨天下了一天的毛毛雨所带来的
那些说不清道不明的惆怅
疼痛过去了吗？
（反正胆区的结石已经全部排出，舌苔上的小红点全没了）
我还不敢完全肯定
没有完美的诊疗，就像没有完美的生活
只是这样的自我疗愈
让我体会了更多书籍之外的乐趣
（这种乐趣，源于阅读，继于思考，最后转化为实实在在的乐趣）

不需要太多的愤世嫉俗
有些人是因为体内喝进太多酒
那种叫作“思想”或者说“智慧”的东西，基本上倒流出去了

其实他们大可以颓废一些
那样起码看上去会正常一些
历史书没读上几本
不了解现在的美英对峥嵘岁月的万般怀念
存在主义的代表人物是谁根本弄不清楚
天天嚷嚷着这个是英雄那个是理想
朋友圈转载一些看上去慷慨激昂的文字
最多也就是暂时掩盖了自己内心的粗鄙
深刻的人啊，都是静水深流
你们听不见他们的呐喊
（那是黎明撕裂昼夜的英勇）
除非你的灵魂与他的灵魂在同一频道之上

上面两段文字
文意毫不相干
那又怎样？
谁也不能阻止春分时节
我的兴致盎然
宁静的申时在即

我且喝茶去
我且喝茶去

2020-03-20

过春天

过去的寒
春日的暖
天空变了模样

过去的生命哪
春日之烟
天比山，高了一点点

过去的冬日之诗啊
春风用劲翻了翻
天上的云，趁机蒙起了太阳大大的脸
（今天不谈夜晚，太阳与月亮，讲述的本就是不同的篇章）

过去的灰土灰脸的日子
春风也贿赂不了的时光
天空想了想，用灰蒙的颜色将其覆盖
（那倔强的底色始终闪耀在人间）

过去打着花苞的枝叶

（战战兢兢的小可怜样，在风的摇曳下虚弱又勉强）

春天里肆意绽放出美丽的容颜

天空看着看着就流泪了，因着盛开的花朵里，那走向腐朽的花蕊

过去的暴行

春天由此制作了一场盛大的假面舞会

天空长满了眼睛

（就像记忆长满了眼睛）

过去的海，巨大且虚假

春的信息已经走远

天空的云沉溺在海的心里

（海里漂浮着无数的海草，它们蜂拥着走向云朵，它们以为那些云是圣洁的天使，不像它们一般，天然的盐味，深深的咸涩，暗无天日得过且过没有明天）

2020-03-25

风声雨声鸟鸣声，以及遗忘

是这样一个清醒的黎明
雨的声音渐渐盖过风声
窗玻璃和屋外的枝枝叶叶
在一种又一种无休止的折腾里发抖
接近歇斯底里，奇怪的是
各色的鸟儿似乎对此毫无畏惧
鸟鸣声几乎以一种交响乐的形式
响亮在我的耳际
这自由的天籁
与春天里可以想象的花朵的芬芳
纠缠交汇，让人相信愉悦的气息
将和这渐渐明亮起来的天空一起诞生

在阳台上注视着西边的天际
那厚厚的乌云
我知道大雨在暗处假寐
只要一阵迅捷的风
就足以将它从梦中唤醒
就像时间的风，经年累月地

在凌晨五点轻轻拂过我的前额
一声又一声叫唤着时光紧凑
天终归是要亮起来的
虽然漆黑的幕布继续充塞在心的深处
鸟叫得真凶
好像它们幼稚的喉咙，正奋力突破身体的束缚
奔涌而出

遗忘没有效力
就像黑夜里被牺牲的无数种青春
没有办法去追求一种补偿
（是追求，我们不提获得）
普鲁斯特的痛楚
在群生的庸碌里，本没有立足之地
虽然我们为此耗尽了生命

2020-03-29

你好，四月

黎明伴随着雨点的滴答声到来
室内的我，坐在窗台前的书桌旁
咬着笔头思考四月
四月来临的现实，以及意义
努力忘记那位大诗人的宣言
（四月是个残忍的季节）
雨水的打击
显然不能湮灭鲜花绽放的梦想
这个春天是多么长啊
清晨的风呼呼吹着
试图吹去上个冬日留存到今天的哀愁
还有沾染上雨滴的草叶与花朵

假如我写下春天这两个字
我知道，在你的心中
马上就会浮现四月精致的面容
不需要清风作邮差
你与我息息相通
四月的黎明如此清澈

四月的夜晚如此纯粹
四月的日子是人间的最最美丽
四月的云彩来来回回
将爱堆砌得比碉堡还要坚固

四月让我们倾听
黑龙江上的浮冰，咔嚓咔嚓
彬彬有礼地向天空告辞
那轻轻破碎的声音
被江底的鱼儿听成了，我爱你
于是兴奋地跃出水面
发现去年相约的鸟儿飞去了别处
唯有四月的光影
将流动的江水照射得斑驳
那一刻，天与地皆沉默不语

你好，四月
让我就这样走近你
不必怀疑

我们将拥有三十天的温存
春风春雨或许会在你的怀抱里失眠
我不会

2020-04-02

清明

今天是太阳避而不见的日子
月亮作为他的妻子，今晚的月容可以想象
我们大多数的人在今日，在此刻
只能记下清风吹拂大地的样子
从华北到江南，柳絮翻飞
漠河开河的日子也不远了
海南岛上的鲜花
已经绽放了春节过后的所有时日
我们共同在心底感激
太阳短暂的消失，以及
所有静默不语的事物

生活中令人哀伤的事物
不会锣鼓喧天地来临
只会像那春分之后清明之前的春雪
沉默地飘零
若有若无。寒冷彻骨
有些名字有些事情
他们只属于我们自己

坦率是种有限的美德，它有它的界限
时代的轴轮从我们每个人身上滚过
有些压在了腿上
有些落在了心尖

很多难过
我们每个人的判断不尽相同
有人铭记在心
有人一笑而过
更多的是，在爱与哀愁的动荡之下
珍惜那些隐藏于地心的固态的暖流
总有一天，风会吹到深处
将我们和复苏的暖流一起带走
就像走在我们前面的无数的先辈那样
深邃的是情感，流动的是时间
我们望向清明的一瞥
承载着祖先和自己的一部分不朽
栩栩如生。温暖生动

2020-04-04
注：今日清明。

生活飘在空中

生活飘在空中
花朵的绽放和零落
都是那么自然
听不见风的轻叹
看不见雨的狂欢
梦境里的一切
比现实更加真实
我们共同拥有着这样的时刻
温馨与温暖像细雨、像春雪
在我们的时刻纷纷扬扬地落下。落下
在梦中与自己与世界的探讨更加柔和
很容易就滑过那刀片般锋利又尖锐的薄薄的黑暗
直接抵达生命的春天

醒来之后甚觉虚空
以及淡淡的持续的哀愁
生活的残酷与生命的残忍到处可见
梦境之奇美，大约在于现实的不可得
看那夕阳，在树影屋影山影间飞针走线

谁都可以看见夕阳沉下的悲
我们活着始终要学习一种能力
叫作原谅。我们知道
在现实层面并不缺乏各种原谅
就像我们借夕阳的微光
尽量将生活的碎片串起
以一片又一片织锦的面貌展示于人间
原谅是温热的，和春天的细雨一般
这其中的乐趣
多少可以消解生命与生俱来的哀伤

这个漫长的春天
梦有时很长很长
像无数道光，溅落在风平浪静的海面
洒出无数个小小的希望
破灭了再来。破灭了再来
像小小的贝壳里回荡着波涛的爱恋
日落的景象不仅仅是忧伤
它为人间万物

投下了温柔的长长的影像
远远超过那聒噪的语言

2020-04-11

这样的一天

清晨的微风
吹散了山顶上的薄雾
朝阳洒在簇拥的新叶之上
不知名的飞鸟在你的窗台，以及
不远处的山顶上来回呼唤
你的母亲旧年种下的栀子花
正在绽放，芳香的味道
隔着宽阔的海洋向你投去爱的目光
亲爱的孩子，你可看得见

这样的一天
坠入爱的怀抱真好

中午的蛋糕
送走了春天里餐桌上不应该的单调
欢笑与祝福在心里升腾
那一抹白云刚好飘在头顶
在我们，都可以看见的天空之上

洁白的色彩含着一种吞吐万物的能量
春天在我们的心里共同觉醒
微信里清浅的交流
足以填充
许久不见的思念滋生的缝隙

这样的一天
甜蜜的感觉在齿间流淌真好

不知道你何时可以归乡
如果你一想到亲人
就能想到母亲的花园里绽放的花朵
如果你打开音乐的耳朵
杰伦的歌声，永不蒙尘地落下来
所有的爱就没有褪色
它们既是过去，亦是现在
更加是你无垠的未来

这样的一天

生命没有虚掷

灵魂充满了春的芬芳

2020-04-17

注：写给一位小友，望哂纳。祝福你开心平安！

春天的自隐

酷热消灭了谷雨后的春天
那短暂的岁月
（我们不由得哀叹）
生长瞬间由试探变成野蛮
冲出去啊，变成夏天
（我们倾听着四面八方的呐喊）
雪与霜是过去的蚕蛹
现在情景大不一样了
蝴蝶翻飞，变了人间
过去的枯萎或许在今天获得了重生
这是每一个奋力离开废墟的人
努力构建的永恒

荒草一夜之间攀爬上高高的墙壁
天上的太阳骄傲地大笑着
（那灼人的光芒让我们想起时间的本质，不过是一缕又一缕由红转青的火焰）
室内的人，不停擦拭着淋漓不尽的汗水

青春在此刻变得值得想念
生命在此刻变得值得过活
我们竭力回想着刚刚逝去的
被无限禁闭的春日时光，以及
生命里一直存在的隐秘的阴影

春天的自隐
大约始于无尽的虚空
新的事物渐渐浮现
否则千篇一律的，有什么美好可言
自然的良知
大约与人类的良心签好了契约
隐秘的命运像蜜蜂的探针
一下一下刺向甜蜜的花朵
未来不必被过去玷污
我们拥有现在
哪怕思念与怅惘伴随左右

2020-04-20

流水的光阴

两只花猫
从书架打到饭厅
然后，齐齐消失在
阳台的花架下
（凋零的花与叶，不曾哭泣）
她们玩弄着我
流水的光阴

远离故乡的人啊
越回首
越被时间所囚
越回首
越被时间所囚

青草间的小蘑菇
悄悄撑起个伞盖
亭亭的样子
在风中轻轻摇摆

雨水雨水来了

你爱是不爱

你爱是不爱

原野

漫无边际的原野

夐不见人

伸出手，握成拳头

风从指缝间漏出去，漏出去

平沙无垠的梦里啊

还有什么

还有什么

那迢远的轻鸣

是窗外的青鸟在演奏

是池塘里的蛙在呼唤

还是你正在某处奏响的琴音

借着梦的迁移辗转

飘到梦中人的耳畔

深夜的霓虹

黎明的轻雾

早晨的云

晚春的花朵

（那重瓣的牡丹，每一片花瓣都是一件春天的衣裳，用作惜别，用作怀想，用作重逢的希望）

大河。桥

天空。彩虹

伸出又缩回的手

活着的喜悦

活着的清愁

人间所有

2020-04-25

我不曾见过黢黑的黎明

我不曾见过黢黑的黎明
醒来后，拉开窗帘的一角
我以为簇拥的云
挡住了东边的光
我又不是很能够确定。于是
踮着脚
轻轻走向西边的阳台
寻找天空的信使
暗色里的手指呀，根根可见
泛着几乎透明的苍白的光

卸下了所有伪装的夜
唯有风，遁入阳台的夜风
因为浸透了夜的漆黑
向我露出了
白日里不会呈现的清洁
墙角的藤椅如实记录着
暮春的冰凉

想起前几日，夏天早早地冲锋
冒失的背后必然是撤退
没有人愿意伤痕累累

看着春天的尾巴
在夜的掩护下
使着最后的小性子
时间谁也不怕
时间从来都是直言不讳
我明白憎恨是徒劳的
（我的失眠开始阅读思想，我的思想向往着一切蔚蓝）
季节病了呀。必须是夜
以夜色遮蔽这个春天的耻辱
忘记痛苦，寻欢作乐
在虚空里摸索前面的路

此去迢迢万里云

祝福
是洒在海面上的星光
点点滴滴，真诚浪漫
海太深了
恍然间觉得空无一物
你见过石头落在棉花上的样子吗
见过。
那我们再去云端
我还可以
我还可以借给你一双翅膀
不必踌躇
不需感谢
不用归还
此去迢迢万里云。

2020-04-26

我们该怎样道别

我们已经死去活来很多年
想想那无数个沉睡的夜晚。无梦，无风，无月光
我无数次想象着你离去的场景，以及
那时候的我该成为什么
（不是做什么）
锅炉？点燃你最后的闪亮
木炭？成就那漆黑的永远
还是蓝天？注视着你冉冉升起的青烟
（遵循我的心愿）
注视你清清白白地离开
这最最晦暗的人生之处
光明的样子，本该隐藏

我们该怎样道别
无梦。无风。无月光。
以往畅行无阻的语言已然失去了方向
（永远失去了呀）
谁还能坐在树下静听
四月的深夜，满天的星星

薄薄的露水沾湿了衣裳
赶早的蛙鸣声呜呜咽咽
身边的花草与我们一起反复练习死亡
以此憧憬一个
清清白白的人间

四月只剩下两天
惊惧与渴望，在夜与日之间来回晃动
时间的箭镞早已齐齐射出
那最重要的一天过去了。于你。于我。
春天该怎样向夏天告别
春天从来都是清清白白的
（她无法想象今年的行程会如此蹶踣）
夏天真的到了呀
看那天空下的云，多么欢乐
多么欢乐

2020-04-29

五月

无论四月多么悲伤
包括最后那一声
逝去前突然充满稚气的呐喊
都无法撼动五月的到来
没有人去追问，呐喊有没有回声
那是极其私人的事情
有心的人
大可以走向山谷
用尽力气向着山顶呼喊
看看回声是否会与山涧一起鸣唱
或者向着大海前进
（心里带着点莫名的嫌弃）
看看五月的大海会是怎样地呈现
那些被过去遗弃的沙子
会不会随着翻滚的波涛
重新摊开在人间

在新鲜的五月面前
（这里不适合讨论她的俗艳）

哪怕隐晦地提起四月
也是对当下时光的轻蔑
智慧的人，不做这样天真的事
（对于天真与愚蠢，很多时候难以界定）
与四月以外的景象相遇
这是夏天密谋了许久的事
在这样繁花似锦的人间
没有任何一朵鲜花的盛开
可以被随意愚弄
太阳随时会认清。你，我，他
我们所说的话
我们写的寓言
我们的爱与阴影

五月
在四月的泪水里
开启了她的一生

2020-05-02

青年的骄傲

庄子之梦，见髑髅。

——《庄子·至乐》

骄傲的夏日啊
请饮我
饮下晚春最后一日的酸涩
海鸥，海鸥
你们不用小心翼翼地飞
用你们的羽翼旋起高高的浪吧
在一滴一滴的坠落中
我怀念着。春的嘶喊

浮云亦是骄傲的
骄傲地放牧着这座城市
高楼林立
墓园葱葱

信鸽亦是骄傲的
晚春的哀

由他衔在嘴上
送往无尽的虚空

青年亦是骄傲的
节日的意义重大
远处往日里雾蒙蒙的山巅
云开雾散，一片清朗
风从树头哗啦啦吹过
风从指间哗啦啦吹过
青年的骄傲
洁白的云朵
光洁的额头
没有伪装的理由

骄傲的蒲公英
绽放出最后灿烂的花朵
她的根须无人看见
在地心深处
夏天从不迟到
可是春天。春天也不能白过

夏日的骄傲啊

只是一夜

就没收了，春天所有的艰涩

一些恍惚的脸

几样说不出口的伤

自由放任的界限

时间的深浅

藏于这一夜之间

2020-05-04

今夜月色真美

立夏，今夜月色真美
洁白的云彩来来回回
好像有一只看不见的手
在轻轻拨弄，有时还握成拳头
一下一下击打着风
月色沉浸在深蓝的帷幕里
月下的人，住在往日的故事中
（满口洁白的牙啃着金黄色的玉米，拖到脚踝的长裙和人一起蹦蹦跳跳的。月光，月光是会淹死人的那种）
几粒星星躲得远远的
越平静，越骚乱
越骚乱，越平静

晚上八点的花园里
月光被人锐利的眼神
裁剪得分外锋利
时间在瞬间被刺伤了，停止了向前
于是你心满意足
收回了长久的注视
开始寻找月光下的你的影子，以及

春天的影子

春天死了，你忍不住轻轻叹息
显然你并不会为她准备墓碑
时间的回缩仅仅适合此刻
梦境般的此刻
总会有一个会活过来
你。或者春天

今夜月色真美
那只看不见的手
成了春天，最后的隐士

今夜月色真美
今夜月色真美
往日并不丰盈
时光，从来不会取之不尽
此刻请听蛙声与蝉鸣
夏日降临，夏日降临

2020-05-05

今夜由谁承诺未来

今夜的月光，忽明忽暗
这是一个南风横行的夜晚
蓝天患了重重的热感冒
鼻塞得厉害，不停打着喷嚏
无辜的白云
被他的涕泪染成了灰色
近处的星星好像也在轻声咳嗽
夜的幕布被扯成了一块一块
地上的人向上望着
心里的裂缝
由光滑变得毛糙起来

昨夜的美，留存在昨夜
我们可以想象
海鸥飞离了大海
今夜的海是暴怒的
不适合与之谈情说爱
昨夜跳着蛇行舞蹈的大桥

今夜静悄悄

桥下的江水从未有过的宁静

所有往日飞扬跋扈的船只，停泊在远处

听凭诗歌和江水一起滔滔

不要忘记

出海口那边的海水，正在等待

燠热的初夏

昨夜嬲骚的市声

化作了今夜灰色的怅惘

没人知道

今夜由谁承诺未来

今夜，誓言是一种说不出口的爱

昨夜月色书写的

是一种显而易见的明眸善睐

今夜全部遁去了

今夜全部遁去了

月色徘徊在灰黑的边界

风抚摸着自己吹出的一条条裂痕
不知道今夜
还会有什么可以在地上生根

2020-05-06

灰烬的尽头

今日的白云
谁的话也不听
逆风写着难懂的狂草
在蓝天的眼皮子底下，偷偷描着墨色
看到炽热的阳光射过来
哂然一笑，飞一般飘散了
地上的海浪着急起来
刚刚已经和云朵握手言欢了
这会儿又不知道该去何处觅得
年轻的海浪啊，他们以为
只要雨下下来
刚刚过去的春天的故事
就会随着雨水一道
轻轻地滴落

夏天的太阳
完全不理会大家的伤心
（如果白云可以说出伤心）

她不能接受
这朝颜和暮色被戏耍得纷乱，以及
出发和归去的顺序被随意切换的耻辱
悲哀是生命中的一种杂质
烈焰可以将之除去
太阳对这一点的认可，显而易见
白云不该插着灰色的翅膀在天空翱翔
（今日的白云，有着秘而不宣的誓言）
她自然不会告诉太阳
今日的飞翔
是充满魄磊的时间自己
变作了灰色

白云的深处
毫无疑问是时间的灰烬
灰烬的尽头
躺着人类全部的灵魂
在我们活着的每一天

时时受她洗练

如果你愿意

请想象溪水琮琤的欢颜

2020-05-09

他们会再回来吗

浩瀚的爱，在流逝中诞生，在流逝中熄灭。

——题记

雷声团成了团
从远处的山顶，滚下低矮的花园
天空以闪电问候万物
花园旁边的水库
瞬间被劈出一道道激流，水花四溅
平时聒噪的青蛙一言不发
被损毁的一切在哪里？
在雷声里？在闪电中？在水流的深处？在人的心里？
他们会再回来吗？

雷声和闪电终会消逝
雨水也会停止
黑夜将被黎明取代
谁会永垂不朽呢？
时间时而狰狞时而温柔

我却愿意长久地耽于这样狰狞的时刻

（我的敌意，和时代无关，和语言无关，我只是不满意自己）

看那美妙的室内灯光

温柔地凝视着室外慌乱的飞蛾

相比心惊胆战地活着

不如一头扎进这无边的光亮之中，大梦一场

暴雨停了

散落一地的飞蛾翅膀

一根檀香，在桌上缓缓燃烧

不知道它是在纪念哪一只飞蛾

还是在告别所有的逝去

以缭绕的烟雾

以清澈的檀香

以最后一声迟缓的雷声

以最后一道炫目的闪电

2020-05-12

一个神话

我写诗
是为了认识自己，使黑暗发出回音。
——谢默斯·希尼《个人的诗泉》

时光粉碎了所有的记忆
（如果你正在阅读，并提笔隔空帮我改成“碾碎”，我毫无异议）
我甚至不记得
多年以前，多年以前
我那么认真思考过很多年以后，我们
还会不会在一起倾听大海的涛声
（你要是愿意，改成浪花的嬉笑声吧）
我一直记得一句电影台词——“最后烧完那根香的人，会获得幸福。”你看，我一根接一根，烧完无数根香了，幸福站在哪里？
我一直努力生活。我一直，和最亲爱的自己，站在一起。
时光淬砺了容颜，以及记忆
一些失败，看上去，纯洁又美丽。

青春的面庞
隐藏在长江、珠江的暗流之下

不难想象她的归宿，东海与黄海的交汇处
那里常年涛声阵阵。平静。疯狂。
伤心并且缠绵的往事，很难再还原
像这节气上标注的初夏的晚上七点半时分的天空的微光
抚摸着我的全身，尤其是裸露在外的两只耳朵
麻丝丝地痒
我端端正正的光头在粉红色的宽檐帽下微微摇晃
海风很大。湿热。到底是玉兰花还是桂花的香味，我完全分不清。可是花香太浓烈，牢牢地抓住了我本来就迟钝的双脚。不要和我说八月桂花才飘香。这里只有夏天。冬天偶尔露个脸秋天和春天就像我的青春一样，是，一个神话

我是时光里的我，永远都是
我在你的记忆空间里，也是一个神话吧
这么多浅薄的文字，连续成
光阴里昂贵的故事。

2020-05-15

不要惊慌

太阳一次又一次
从乌云的裹挟中挣脱出来
炽热和明亮是它信奉的真理
只是今天总有云朵去遮蔽它
于是，很多时候
看上去它的嘴角都是弯弯的
好像在轻蔑地笑
嘲弄着每天犯错的天气预报
我理解太阳
谁会喜欢，大白天无缘无故的死亡

只是，下一场暴雨又能怎样
世界又不是没有哭过
活在烈焰之下，与活在潮雾之中
有什么本质的不同？
此刻，哪怕太阳突然低头
此时，哪怕下一场黑色的雨
鸟儿一样可以在风的引领下归巢
我们也一定记得乖乖回家
好好听话，听妈妈的话

在一朵玉兰花优雅地坠落之前
我像一只仓皇的老鼠
从岿然不动的玉兰树下穿过
这首诗歌认得这棵树
她开始于暴烈的正午阳光之下
结束于一朵玉兰花与一阵风的追逐之间
写诗的人，大踏步地慌张
将西向阳台的窗，紧紧关上
（灰尘小心翼翼地落在手心之上）
在这个动作完成的五分钟之前
窗户刚被嘶哑着打开
（铝合金的轨道上，时光的锈迹斑斑）
我忘记了玉兰树刚刚教过我不要惊慌
不要惊慌
诗歌是一条自由的路
走到哪里都会将我带上

2020-05-19

我记得童年里的每一秒

六月说，我要你所有的天真
然后将流水般的黄金堆在我的脚下
我却越过黄金的头顶，看向那漫山遍野的鲜花，以及鲜花在山涧中清晰的倒影。我看到鲜花对自己影子的迷恋，那份沉迷。
我要交换吗？忘记鲜花的美丽，忘记山涧的清澈，忘记童年的倒影
以赘肉和皱纹替代童稚的脸蛋
靠荣华富贵，滋养被慢慢侵蚀的良心
（或者说，靠荣华富贵，折磨我的良心）

我记得童年里的每一秒
或者说，我想记得童年里的每一秒
成年生活中所有溢光流彩的时刻
在童年的我看来，都有一份确定的不真实
那可能是霓裳之下阴郁的我
时光（欲望）牵着我的手，诱惑着我，引领我的绽放和凋零
可不可以让我的香气飘荡在山谷，从六月到十二月，再到来年的六月，生生不息，循环往复
那是我最初亦是最后的觉悟

童年轻轻离去

留下渐渐老去的我，在岁月的流逝里，遭受磨难，也遇上幸福

我想，我记得童年里的每一秒

不然，今天我的想法怎么与小侄女如此雷同

吃最大的比萨，跳最美的舞，在公园里和蝴蝶一起浪，一起读最酷的《红楼梦》。并且她还告诉我

在你的爸爸妈妈那里，你就是个孩子。所以，你可以和我一起过节

没有被白白浪费的岁月，亲爱的孩子

我愿意我的童年被今天的你偷走

若干年后你会发现

你也想记得童年里的每一秒

你的想法，被另一个孩子偷走了

那个时候，你会不会想念我？

2020-06-01

注：祝两位小侄女和所有的小朋友，六一儿童节快乐。

甜蜜啊，甜蜜

不知道为什么
今天，雨水成为一种禁忌
阳光快活地洒进屋内
柠檬蜜和艾根蛋的制作
亦不再是一个人的秘密
夏天里所有被昨日的、前日的雨水浸泡过的事物
纷纷在以各种姿态呐喊着
甜蜜啊，甜蜜

蝉在窗外的凤凰树上长鸣
声音悦耳动听
鸟儿齐刷刷停歇在枝头
漆黑的眼睛四处寻觅，大概是想知道
这美妙的声音是否来自它的同类
蚂蚁被细密的纱窗阻挡在窗台外围
不知名的昆虫也在外窗台扭动着躁动的身子
白玉兰的香，隔着并不厚重的墙体
却是多了层羞涩的滋味

入侵并不总是光明正大的行为
哪怕是人间纯粹的夏日香气

下午三点
我的餐厅满室金光
我的书房一片幽寂
都是家的领地，因为阳光的迁徙
它与它，分出了不一样的灿烂与荫翳
这一下午沉浸在美食制作中的我
与一上午在书海里漫游的我，是不是
拥有同样的甜蜜
从清晨到黄昏，额头上经常渗出的细密的汗水
被地心引力吸引着
进入脚下的大地

时光夜以继日地行走
理想一分一秒地前进
太阳与月亮的更替

原本就不需要过分的理会

甜蜜，可能就是一种态度

就像爱情

2020-06-03

未来的生活

山的后面，狰狞的闪电
在树头与树头的缝隙间忽忽而过
狐假虎威的雷声亦步亦趋紧随其后
一根粗壮的树枝被劈断了，拦腰倒下
恰好挡住了就快被雨水冲垮的一个蚂蚁窝
亲爱的，在日子默默哭泣的时候
我们还是要努力建设未来的生活
还有什么比闪电更加明亮的事物
还有什么比雷声更加洪亮的呐喊
蓝天和白云只是小憩片刻
滂沱的雨水啊，是它们临时的信使
替我们冲去旧日的泥泞，一并带来的是
仲夏灼热的问候

在崭新的六月，在父亲节
姗姗而来的时候
我该递给你什么
一束从顶顶高的山头奋力爬起的阳光
一缕来自大海深处的夜晚的微凉的风

一泡浓郁的来自大山巅上的黑茶
还是直接甩给你一匹骏马，扶你上去，以结实的马鞭狠狠地抽向马的屁股，马儿的嘶鸣和不肯停歇的雷声一起划破长空，载着你奔向未来的生活
或者我什么也不做
只是轻轻走近你，小心翼翼地
将未来的阳光捧在手心

此刻
雨水在潇洒踱步
应和着灰黑色的天空
同时唤醒收割后的麦田里
那些微小的生命
那些尚不确定但已经发生的
幸福

2020-06-07

注：谨以此诗献给我的弟弟，以及自己。

某一条河流

我愈加偏爱，隐晦地谈论你
你的急躁和暴烈
以及一往无前的执拗的汹涌
黑色的云，无助地堆积在山顶、屋顶，还有我们的眼角与眉心。
你迫不及待地在城市的每一个角落
以河流的名义
制造出大大小小的各条河流
制造出有名无名的各色伤悲

我不敢妄言每一条我都认识，但我知道
昨日流下的泪水
今天汇聚成了其中的一条
我不可能亲临每一条河流的现场
以柔弱的脚踝去试探你们的深度
情感的延展已经在某一条河流中得到实现
流淌在我体内的那些
终年不见天日的忧悒的情绪
终于回归了大地，并且同时见到了天空。
不该再有任何的不满和痛苦

在这初夏向着仲夏的转捩之际
河流是雨水的意志
亦是时光的回声
对切实来到的仲夏而言
时间的河流由雨水稳定地提供
黑色的云朵，是一种永恒的宣誓。
居无常物的仅仅是人类肤浅的感知
雨水永远年轻，永远铸造着一条又一条河流
年迈的是乌鸦空洞的眼神，以及
最后一只城里的蛙
在清澈见底的池塘的哀鸣

2020-06-08

风徐徐吹来

四方食事，不过人间一碗烟火。

——汪曾祺

透过窗户小小的缝隙
风徐徐吹来
早上买的玉米棒子上的青色的叶子
轻轻摩擦着外面的塑料袋，沙沙响
日子也在沙沙响
好像听到那些长长的柔软的玉米须，轻轻地呼喊
我踌躇着以什么去回应
回应生命中这缠绵的持久的，伤

一场暴雨毫无悬念地落下
在开水壶汩汩作响的瞬间
绿色的叶片在杯中静静等待
等待温水注入，等待离开枝丫之后，最后一次的绽放
我注视着它们，好像看到了温暖的阳光注视着我
你来不来，你在不在，你能不能好起来
云和雨的游戏，一直都在上演

我不是万能的，药不是万能的
悠悠岁月本身，才是万能的
爱，大约也是万能的
如果一千斤的雷霆闪电可以替换你一天的平静
我会为此去上天入地
哪怕一口气翻上一万个筋斗云

风徐徐吹来
仿若排山倒海
吹散所有的无能为力
留下了爱

2020-06-18

入侵者记事

黄昏的天空没有胭脂的点缀
浅灰与深灰缠绕在一起
好像要走进无穷尽的远方
又纠结于往日和今日的，明亮或晦暗
海边失去了晴空时的蔚蓝
山林的神采，有着同样的暗淡
蜘蛛一如既往忙碌着它的铺天盖地的网
上可以达到天际，下可以落入海洋
蝴蝶和蜻蜓在蜘蛛网的旁边聊天
一只蜻蜓的薄翼，轻轻吻过狗尾巴草的脸
松鼠在挂着果实的树上，上蹿下跳，消磨着它永恒的时间，顺便拍烂一些个果实的身躯，给寂寞的山路染上颜色和欢乐
旁边的山谷，曾经震耳欲聋的瀑布声消失了
杂草长满桥下的河谷，河谷有些地方已经干涸，但尚未断流
突然涌现的情绪像天空里忽隐忽现的星星，冰冷和炽热交替着
正经的事物包括人类的脚步全部销声匿迹
山林交还给一切野生的动物与植物
隔着一条浅浅的河流
金色的佛祖在对面的山头，守候

我终究没有办法在今夜跨越这条河流
没有办法去跋山涉水祈得佛祖庇佑
开满紫色花朵的紫荆花树，引领着我走向
隐藏于山腰上的小小木屋
今日，我是一名入侵者，是山林的囚徒

2020-07-15

海里的盐、时间的蜜，夏日的畅想

老鹰在山谷间俯冲
反反复复。不远处的海洋分外平静
细细的海浪如丝绸般柔软
穿透游人的眼睛，停在心尖
少女迎着太阳摆出山峰也想象不到的姿势
自拍杆在轻轻颤抖，因着这盛世的容颜
除了鹰，所有的鸟雀在游人视线的下方
白云聚集成一座座白色的山
细细的雾气从里面飘散出来
像一匹白马在山顶疾驰
瞬间又变化成一朵硕大的蘑菇云
提醒着天空里的，世事无常
欲望一点点地渗入黏湿的皮肤
沉甸甸的，海里的盐

海边的黄昏来得非常迅猛
晚风呼唤着云朵抽出金色的箭镞刺向海洋
深蓝色的海面上跳跃起无数的彩色的浪
渐渐下沉的夕阳，最后被山峰阻挡在山的那一头

高涨的海潮拍打着坚硬的礁石，贝壳纷纷闪躲
无数的沙子呼啸着来来去去
将岁月的痕迹抹平，同时见证
一位少女的爱情在这一片水域降临
亲吻的念头应和着低沉的涛声
在玻璃栈道上闪闪发光
金色的海面犹如一面巨大的魔镜
藏起了我们所有的心愿
老鹰终于飞走了，乌鸦从黛青色的林子里飞出来
我们一起向山下走去
海里的盐、时间的蜜，夏日的畅想

2020-07-18

青春的遗骨

没有繁复的修辞不可以表达命运的深刻
没有连绵的长句不可以呈现世界的多变
青春的遗骨撒落在崇山峻岭间变身黄土
曾经炫目迷离的金属光泽在太阳光之下
不值一提

不是漆黑的夜晚不可以代表真正的夜晚
不是磅礴的暴雨不可以说明夏天的暴烈
钻石般的雨珠来自亿万年前的美丽海洋
漆黑的正是那盘古开天前的混沌与希望
充满幻灭

咖啡与茶的次第更替说明着时间的流逝
冬季与夏季的轮番转换见证着岁月变迁
我到底想象不出青春的脚步散落在何方
雨季落花雷霆的气势与旱季的蓝色信箱
庞大无比

注意到这些日子里的细节是不是就验证了
流年沧桑。葬花的少年站在时光的暗处
忽隐忽现的是某种断裂、疏离，以及联结与成长
青春的遗骨一直潜行在岁月的缝隙里不曾远离
以白色的云朵、灰色的尘土、钻石般的雨珠、凌厉的风、柔软的抚摸、落花、流星雨、耸立的高山、奔腾的江河、平静的海面，等等等等啊。
各种模糊又真实的面目，示人
并且召唤着我们，踏上一段又一段新的旅程。
青春通常侧立一旁。泪雨滂沱

2020-07-19

活得像个样子

活得像个样子
风催促着我迟钝的脚步
（只是风觉得缓慢与迟钝，我并不觉得）
踩着落叶发出的沙沙声让我惊觉过往的岁月是否存在着过多的轻浮
一夜间遍地开起橘黄色花朵的萱草没有惊艳我的眼睛
倒是将森林装点得更像一座大花园
忘忧草的名声确实响亮
一个簇新的布娃娃坐在草地上
（或者说被遗忘在草地上）
黑漆漆的眼珠在丛林里闪闪发光
她拥有的，是谁家孩子的亲吻和梦想
森林里一切的呈现
源于自然而然
（遗忘也是自然而然）

蜘蛛在认真结它们的网
乌鸦在一遍又一遍练习它们的嗓子
（没有人忍心告诉它们，无论怎样练习，它们都不会拥有黄鹂鸟的嗓音）

蚂蚁一心一意搬运着它们的粮食，去到它们的谷仓，赶在夏日的暴雨来临之前

湖面上倒映着四面佛其中的一面，摇晃的脸和身子，因为水波的荡漾，并非信仰受损，请不要胡思乱想。虽然，虽然河流的走向，佛祖说了不算

我想起昨夜窗外夜莺的啼鸣，吐露着岁月一个又一个的惊叹，将森林里的夜拉长，我一路追赶着虚幻的梦境，直至来到黎明的帷幕之前。然后，风声替代了夜莺，梦飞走了，朝阳洒落窗前。我的眼睛掰开窗的栅栏，我的双臂变成了翅膀，我和风声一起飞越群山

山林一如既往的平静

轻柔又沉重

活得像个样子

潮湿的是眼睛，亦是诗行

瀑布以水晶般的心将我凝望

2020-07-20

你在一个实际的虚空里

你的头像。从上拉到下，一直都是你
你在一个实际的虚空里
没错，你就是在自说自话。无数个声音像暴雨锤击窗棂，滚动在你的耳际，让你做乖巧的那一个，不要那么另类
那么多人，那么多没有心的人
终其半生，读书，写字，将风从纸片间滑过的快乐呈现给自己，与笔墨纸砚说说话，清淡是你唯一的命运。露骨的虚荣像那被乌云彻底遮盖的镰刀似的弦月，有，不如无。你的眼睛，实在是不该迁就剪刀的锋利，哪怕是一次也不可以。心，安于此地，此际。你认同自己一定会孤独地等到满月，等到清辉洒满你的胸襟。千回百转的爱意，也请赠给你自己。你的一切，像那暗夜的伤口，无人知晓

一只海鸥，梦想着从大海的涛声中出走
不远处的密林里有那么多美丽非凡的鸟
不需要太久的寻觅，它相信自己可以建筑一个新的鸟巢。它不懂的是，长着翅膀的不一定是同类，有些近亲，比山林本身还要曲折和深奥。看那曾经发出钻石般光芒的童话般的屋子，谁正在冲刷它年迈的地基，暴雨？还是落石？受惊后仓皇间落下

羽毛的海鸥，和被月光粉碎的星星，谁会在接下来的白天，见到鲜花盛开的明媚？
或者抛弃所有，我们可以乘着海浪去火星
爱或不爱的问题。那么无聊，就留给千疮百孔的地球吧
结果谁人在乎，又是谁人知晓

你在一个实际的虚空里
这从来不是一个新鲜的问题

2020-07-23

注：2020 年 7 月 23 日 12：41，“天问一号”发射升空，中国从此迈入“行星探测”时代。祝贺！

凝滞的生活

像一个孩子执着寻找海洋的大门
你抬起头望向天空，看着
云朵在某一处聚集
留下的巨大的蔚蓝色的缺口
你用手去比画
缺口有多大，够不够安放
你心有不甘的
凝滞的生活

你不在的日子

你不在的日子
时间忙着和月光疏离
在他已经打发了白天之后
一切都不太对劲
你打烂了一个茶杯
倒是没有切到手指
薄薄的番茄片，一片片泪流满面
茶叶在热水里浮起又坠落
直至彻底变凉
你喝出了幽幽的苦涩

一早上都没有风
上午的层云
堆积出大山般的灰白色的宁静
虚假的宁静
骗过了聒噪的蝉
很多以为已经消失的情感
在时间的料理下失而复得
时间，最终没有骗过时间

你终于开始阅读
并且在下午的电闪雷鸣里
写下你对诗歌的眷念
以及与生俱来的，生命的疲倦
你丝毫不在意
字里行间的天真毕现
在凝视云朵变成雨滴的过程里
由思念打磨的文字没有技艺
炉火纯青

2020-07-29

一滴雨的情谊

人生不相见，动如参与商。

——杜甫《赠卫八处士》

夜里听雨，听
一滴雨的情谊
对天空的恋恋不舍
对大地的柔肠百结
得到一些，错过更多，身不由己地
在人世间漂泊。漂泊的
是我们终将擦身而过的悲

天地之间只有雨水滴落的声音

山一直在，海一直在。七月
明年一定也会再来
然而辽阔的从来不会是过去的时光
在岁月执着隐形的鞭子将我们驱赶
剩下的，只会是今天
或者还有明天
如果衰老或曰死亡暂时将我们遗忘

一滴雨的情谊
轻松印证
快乐是一种多么可爱的唯心主义
她将云的飘忽变成实质的物体
倏忽坠下，飘落在哪里都没有关系
（飘落在哪里，又怎会由她来定）
爱看恐怖片的人
可以就此间的转换，写就惊心动魄之文

一滴雨的模样
古老又纯洁
（我多么不好意思写出纯洁二字）
我忍不住思量
昨晚落下的雨滴
今晚该在何处安家
它们是不是如我一般在永恒的黑暗里歌唱着
马不停蹄地，奔赴新的旅程
（一个声音一直不停在说，记得这一场雨，忘记你自己）

2020-08-03
注：明日隔山岳，世事两茫茫。

像白云在天边

像白云在天边
那是天空长出的梦想
像风帆扬起在微风下
那是大海彰显平静的时光
理想的青春像这南方的夏天
好长好长，有时间一半久远
在一棵树的荫蔽下
我们看到了芬芳
闻到花朵绽放时的灿烂
夏天从不记得
花朵凋谢时，花与叶彼此的灵魂
失魂落魄的模样

不要说你的存在
有时间一半久远
（虽然我们依然要努力被时间找到，被时间宠溺）
像白云在天边
今天就披上了秋的衣裳
饱含汁液的盛夏。野心勃勃的初秋。
或许没有那么不共戴天。她们

也就隔着一个夜晚
月明的夜晚。蝉的鸣叫没什么不同
在这临界点的夜晚的大地
默默隐藏起所有盛开的往事，以及
明暗不辨的欲望之脸庞

像白云在天边
这淡淡的、持久的怅惘
车颠簸于往昔泥泞的岁月
明晃晃的日光分外刺眼
提醒我正行走在初秋的佛山
我甚至听见了劳伦斯的呢喃
“那会让你心碎”
是的，那会让你心碎

2020-08-08

以一片落叶触碰生活

这个月的我，像一只小鸟那样
从深圳飞驰到佛山
然后又飞驰回来，反反复复
十多年的时光和一个月比起来
像一场美梦。点点滴滴的痕迹
宛若昨日高速公路上凋零的木棉花
将隔离带边上的路面染成好看的殷红色
一直一直向前延伸，看不到尽头
时光和一场台风、一阵暴雨一样，很多时候
它们选择以一种暴烈的方式滑过
过去的一张张脸庞似幻灯片
横七竖八插在持续苏醒的记忆之中

我脑海中所有的记忆，或曰往事
是时间粉碎之后的呈现
包裹着坚硬的外壳
里面是一颗玲珑剔透的果实
岁月终将选择一日将它打开
（是打开，不是碾碎）
轻轻品尝它的滋味。我知道

浅薄的命运不需要怀念
谁的青春不是一本深厚的感伤之书
像那被青苔覆盖被幽冥填满的深井

就像台风渐渐褪去的天空，非常有耐心
一寸一寸将自己打开
直至厚实的云层土崩瓦解
蓝天一点点露出来。我们都知道
生命里始终有一只看不见的手
筑造一切，再销毁一切
岁月大约随之归零。然而我可以选择
以一片落叶触碰生活
（台风走了，一切都松弛下来，包括紧绷的过去的时光，以及或多或少被台风和年轮，摧毁的生活）
以破碎的柔软触碰她的坚硬
短暂的驻足。等待
满天的星星在凌晨洒下温柔的汁液
浸润人间的一切

2020-08-20

那些日子

空调的睡眠风很安静
在漆黑的房间里
悉心为我营造出一场安眠的盛景
我知道一夜秋风吹过的地方，草色渐黄
吹着吹着或许就到了来年的春天
无论怎样努力
这里都是白雪抵达不了的南方
冬天是它遥不可及的梦想
应景的是，生活的灰尘越积越厚
（美梦与欢笑，是缝隙里的光，时明时暗）
“白雪皑皑”明明是梦里的样子
忘记却需要花上一辈子

我更喜欢夜里可以下起一场秋雨
让那啪嗒啪嗒的声音轻轻叩击我的耳垂
（毫无疑问，这喧嚣的声音如此宁静）
以想象中秋雨的冰凉抵达万物麻木的心灵
岁月在黑夜里睁开明亮的眼睛
在风雨声中独自寻找沧桑的往昔

我完全能够想象
窗外摇晃的枝叶被雨水洗刷出新的美丽
每一片落叶都在大地上留下独特的回声
一场断续的睡眠，就是人的一生
（没有人喜欢一直被空虚的感觉挟持着）
被一夜秋风冷雨浸润后的生活
会焕发出市井街巷应有的，热气腾腾
就像我欢呼着扑向你的那些日子
被骄阳和爱融化的那些日子

2020-08-21

行将逝去的季节

云层开始慢慢显得淡薄
那些风云变幻的心思开始消散
天空看上去老了一些
大多时候，是那种浅灰色与浅蓝色的相互辉映
天空下面无垠的街市
也不由自主地，往陈旧的方向近了几步
曾经活泼的夏日的风
不知不觉中就被无尽的虚空吞没了
不知道，地面上萎顿的落叶
还能不能在彻底腐烂前记起夏日的威风
飞鸟的翅膀凝重起来
蝉鸣声听上去渐渐有了凄清的况味
一切都是标记
标记着今年的夏季已经结束
不变的只有摄氏 35 度的高温，以及
隐身在街市之间的
好像虚构的山体与山峰

这是一个行将逝去的季节
太阳与往事终会走向没落，过程总是漫长
漫长到让我们生出一些委婉的心思
甚至某种不切实际的奢望
这个世界有太多不需要注视的事物
（注视本身不会令它们消失，但会造成注视者的惭愧）
这个世界有太多用眼睛也看不清的事物
（不是一首单薄的诗歌可以表达，以及收录）
文明在流行面前无法生根
就像并非每一株野草都可以突破大理石花岗岩的桎梏
嫩苗自有它的柔弱，以及风骨

我在每一个季节之外
用诗歌模拟爱欲与伤痕
（除此以外，我幸福于我的一无所有）

2020-08-24

今夜的睡眠

今夜的睡眠
大约是为了回到往昔
那些露水沾上脚背打湿裙摆的日子
明火已经熄灭了
厨房里的蒸锅还冒着热气
白胖的手工馒头好像纷纷长出了手臂
迫不及待地要走出那座逼仄的城堡
在这之前，我和它们一样时时觉得呼吸困难
一个人的日子
每一个房间的色彩全部变得晦暗不明

我穿过巨大的草地去大门口迎接你
四周的围墙全部消失了
阳光照耀的地方都响起了好听的门铃声
风吹起长长的草叶
白云变成一根根细细的丝线
天与地之间灌满了清冽的空气
重逢的喜悦里有着淡淡的渴望和羞涩
高高的狗尾巴草刺透我穿着长袖的胳膊

皮肤深处传来微微的痒，以及
微微的甜

无数个省略号蜂拥到一起
变成一个完美的句号
聪明的文字，赶紧将它团团围住
（就像聪明的落叶将秋天紧紧包裹）
原本洁白的纸上有了浅浅的蛇行之迹
朴素，也有着惊人的美丽
生怕再被秋风吹散了
我牵起你的手
轻轻关上，每一道门

2020-08-26

抵达静谧之秋

我热爱这座房屋
她凭满室的书香与我相熟多年
来到这里之后
阅读好像和身体一起成长
她们紧紧咬合在一起
彼此沉默，一起斑斓
书架上的书目随时间迁移
我借此抵达一个又一个远方
读和写就是一种习惯
好比穿衣与吃饭
比如此刻，我感悟到八月已逝
窗外空虚的云和地上一片又一片的落叶
（它们难过吗？会不会和现在的我一样，习惯了在秋天做春天的梦？）
将秋天摊开在了我的面前

我热爱这个柜台
躺在玻璃笼子里的，各色小猫
被明码标价

都是名贵的，同样是百无聊赖的
它们丝毫不理会无聊的观赏者那蹩脚的口哨声
（它们似乎不需要被世界关注，很安静，没有不切实际的理想）
所有优美的猫步应该是人们想象中的狂欢
他们不知道，在这个过程中
若干只蝴蝶被拍死在猫咪的脑海里
自由与快乐，同样不知道该标上多少价钱
在这个地方，关于生活的所有问题
小猫以永不止息的睡眠来回答
（它们或许就是在睡眠中进行纯洁的旅行，并且驯服于自己的猫生）
如此的安静
让哀戚的秋天和我不敢随意疯癫

于是，在屋里观云，在檐下听风
和小猫说着漫无边际的话
在闷热的天空里找寻躲藏的风暴
我们有理由相信，惊雷之下
爱与微笑不再匮乏

于是我们手挽手走在一起，穿过潮湿的念头
穿过八月的酷热与暴躁
抵达静谧之秋

2020-08-31

九月

九月从圆月的光辉里渐渐渗出
像孤独的蛇在花丛中吐着蛇信子
随之而来的白天比较苍白
云和天都失去了边际
仅余单调统一的灰色
从中元到秋分，九月里的节日与节气众多
然而人鬼终究殊途
蛙和蝉在九月都会比较难过
它们在清浅的水面和磅礴的树根下居住
唱着生命最后的挽歌
露水在黎明时分将它们覆盖
纯洁地来，纯洁地去

梦在九月的第一个夜晚将我纠缠
梦境里的景象有着无与伦比的戏剧性
现实是一棵树，梦境是一颗星
在小鸟的第一声啼鸣里我准时醒来
（不要问我为什么知道那是它的第一声啼鸣，有些约定神秘且既定）
于是，星星高挂在树头向我眨呀眨着眼睛

黎明时分的城市，像一条河流在茫茫宇宙间流淌
我们侧耳可以听见它清晰的喘息
（它的疼痛与纠结，总以为无人知晓）
有些手术最适合在梦中进行
切割后的伤口就没有那么疼痛
好像一座无人的岛屿静静睡在水面
柔软的波涛。轻轻地，轻轻地
愈合着它的伤口
从生到死，从死到生。为了永恒
人类是多么聪明又是多么嚣张
有了躯体之后又创造出了灵魂

九月适合归去
没有疼痛
向着永生
所有被夏日埋葬的泪痕
在九月都将化为一颗颗星星
引领我们前行，前行

2020-09-02

仲秋的信使

深圳。在白露的节气
我们见不到晶莹的露珠
一夜醒来，满地的黄叶
大约就是那仲秋的信使
风贴着地面悄悄飞行
映照着飞翔在高空的蜻蜓
它们一起滑过一道道不可见的印迹
令仲秋像一枚盖在额头上的邮戳
指引着生命前往的方向
想起昨夜清浅的梦境
故乡玲珑的模样，母亲望向南方殷切的目光
（父亲亲手做的小板凳，你一直带在身边，斑驳的表面告诉你，
你和它一样，已经人到中年）
（童年随着一片片黄叶，悄悄飞落）
黎明时分，一滴透明的露珠
随着母亲长长的裙裾滑落，寂静无声
梦中尽是鲜花盛开的娇艳
（仲秋就在此时比春天还要漂亮）
你倚靠在母亲的胸前，红艳艳的嘴唇嘟成撒娇的形状

母亲的脸庞像昨夜光洁的月光一样明亮
黑色的发线触摸着你稚嫩的脸
（若有若无的柔软，天真的梦幻）
妈妈，你的头发比黑夜还要黑比粉笔还要直呢
为什么我的头发黄黄的卷卷的
（傻孩子呀，你得多吃点饭，快快长大，长大头发就变黑变直了呀，像妈妈这样）

妈妈，你是否知道我昨夜回乡
屋檐下的风铃有没有在秋风里叮当作响
水芹菜炒香干的滋味在厨房飘起
白露的节气啊，又是一年仲秋始

2020-09-07

注：今日白露。

青春的誓言

雨在夜色的包裹下，下得很长
长得将仲秋时分的落叶那所有的不甘
藏在里面
（丝丝缕缕，秋夜里，欲说还休的时光啊）
这时候
夜不仅仅是夜
雨不仅仅是雨
它们不经意间就拥有了彼此，并且
尝试着成为彼此
（人们总是喜欢交换，永远艳羡别人，在秋天歌颂鲜花与嫩芽，
在春天咏唱丰收与希望）
落叶，顺着雨水流逝的方向
汇拢到逼仄的墙角
在冰冷与黑暗中跌跌撞撞地
摸索着生活（命运）
夜风无形（无情），吹乱它们的阵形
提醒它们不要忘记拨动
曾经在枝丫间荡漾的
秘密的心弦
（年轻的模样）

明明是摘取硕果的季节
瓢泼的大雨下流淌的，却是不安的灵魂
人生微茫若夜雨
一滴滴落下
了无痕
相聚和分离。都在刹那之间
它们都以为那就是永远
曾经是云，是露，是窗前的薄雾，是恋人呼出的气息，是辽阔的海洋
（是一切事物的对立面）
夜会被黎明唤醒
雨会被霞光照亮
去哪里寻你呢？去哪里拨动
我们秘而不宣的，青春的誓言

2020-09-09

时间之愧疚

天空看上去有些古怪
淡淡的蓝白相间。在这之前
大地接受了一场暴雨的冲刷
酣畅淋漓的模样
对于铺天盖地的乌云带来的末日景象
观者与受者都不以为意
做自己命运的主宰，哪怕只有片羽之光的一秒钟
开着车在暴雨里向前
知道前方有自己必须去到的终点
天空也知道，无论怎样磨蹭
彩虹会在这座山头和那座山头之间架起
有缘抵达此间的人，终会得见
虽然此刻的蓝并不平静
但人生的走向
其实也就是一个生硬和柔和的回环

时间愧疚于它将秋季的白天建造得太短
候鸟都不知道能不能够准时抵达
别提在昏黄的日光下，还得提防那些无所不在的网

满世界都在坠落
只有你想着飞翔
我在心里惦记着你
在疼痛的季节里收割命运的馈赠
时时抬头数数日头，数数星星
将一滴滴珍贵的雨露藏在身后
将所有的故事数进时间的内核
与它一起前行，共同愧疚

2020-09-14

一种透明的，情愫

南方秋天的云朵
有的是一种，一无所求的散漫
好像非常明白最后的归宿
无非是成为山头上的岚烟
或者化身为大地上的雨雾
或许尚可以期待凛冬的雪
（假设冬天可以等到）
归根结底，就是那种透明的一眼可以望到尽头的
一无所有

南方秋天的云朵
并非没有重量，只是神奇的风将它吹送
吹得欢喜，吹得柔弱，吹得万般的留恋和凄苦
大约在风的眼里
每一朵云，都由希望堆积和铸就
一些清浅或沉重的往事
顺势在谁都不知道（说不清）的时间里
放飞自我

雨中谈起云
云就轻了。恍惚间就漂浮起
一种透明的，情愫
无所谓成为什么
（如果有的选择）
流浪的旅程中
梦想始终哗啦啦在某处响着
时间太快，云酝酿得太久
（风很多时候只是调皮）
所有爱的片段
秋天珍惜着
看云是云，看雨是雨
风从指缝间悄悄滑过
一人份的苍茫，与迷蒙

2020-09-18

征途

暴雨中，风的脸色惨白
声嘶力竭地叫得比雨还要大声
车里的人牢牢掌握着方向盘
（坐在副驾驶上的人正呼呼熟睡。踩着黎明的肩膀起来，为了生计或者说为了理想，奔波在去往异乡的路上。想一想，哪里才是故乡呢？这样的想法，本不该在这样的风雨天涌现）
就像此刻的雨死死掌控着此刻的天
生命里流浪的底色
沿途中寂寞的魂魄
全部像潮水般在心头荡漾
和车头上的雾灯一起，一闪一闪
氤氲的是那刺破迷雾的黄色的光
仿佛所有的迷失和追忆
此际也充满了力量

有时候，接受命运的安排
（一般是无数次索取之后给予一点点可怜的馈赠）
就必须承认泪水应该无声
虽然它很多时候比眼前的暴雨更为磅礴

风也是一样的
时时想着挥别过往
沐浴新的世界，体验不一样的霜雪天
生命也是一样的
你须要时时记着以清淡的文字和食物
勉力串联起分崩离析的世界，以及生活
只管尝试着去接受而不是反驳

到达目的地的时候
他一只脚踩着深深积水的地面
（没有积水的地面，配不上苦闷的地砖）
微笑的脸庞留在车内，留在爱人的身上
你报以同样的微笑
同时暂停了雨刮器的工作
免得雨水产生误会
它总是喜欢站在时间之外
在相同的地点，冒充泪水

2020-09-19

从今天开始

从今天开始
白天渐渐变短
以前看上去明亮的事物
逐渐灰暗，有些不知道凋零在何方
然而夜晚趁着黄昏明暗不定之际
平静地告白
告白曾经那么高高在上的白天
“我们就是你们”
我们就是你们，我们的黑是你们亮的另一面
来吧，喝杯热茶，注意保暖，我的爱

从今天开始
蛙鸣变得稀少
灼热的阳光由金黄向淡黄靠拢
晚上的天空慢慢没了云彩的陪伴
骄傲的雷声被收藏在了山谷里
夜晚的时间长了起来
容易想念往昔，并且为之伤怀
翻滚的爱情之水

什么时候变得如此静水深流
本该入眠的时刻
内心的波澜和书桌上的白纸一样哗哗作响
（踌躇着该以怎样的文字纪念）
写吧，反正白纸一张，纯洁天真的时光，我的爱

从今天开始
草地走向枯黄
大地上少了很多的秘密
怕冷的小虫在忙着搬运细土填补洞窟的缝隙
等待着纷飞的雪将它们的家园彻底覆盖
曾经火热的生活
自然消融于大片大片的洁白的沉默
它们知道，没有人会关心它们的命运
蒲公英的花球带着故事走向远方
秋夜的天空，弦月怀着甜美的心思
满心期待着圆月到来的日子
月形的消殒以后再说
（没有什么美好的事物不会谢幕）

哀伤也以后再说
来吧，节日里的欢快，美好的幸福，我的爱

时间并非完全无情
过去并非深不可测
从今天开始
我们将潜藏于幽谷
最后以冰的姿态莅临人间
我们是水，我们是雪，我们是涓涓溪流，我的爱

2020-09-22

匆匆过客

雨滴与露珠分不出彼此
为什么要分那么清呢
大家都是水的不同名字
桂花的香味隐没在灰蒙蒙的天色里
你，踮起脚尖，轻轻嗅。满地落花的伤
墙壁上垂下大簇大簇的簕杜鹃
紫色的花朵在细雨中明媚、晃动
一瞬间，潮湿的岭南向你奔来，甩不脱的躁动

不远处的峨眉山，山色空蒙
连绵的云彩敌不过季节造就的稀薄
山色湖色分不清颜色
你，是清楚的
眼中的美，是心里开出的，花朵。于是你用柔媚二字
概括此刻的彼此
（你听见一个声音说，足够了足够了，接着无数个声音响起。细雨慢慢变成大雨，躁动褪去了坚硬的壳）
万物太多交相辉映的时候
比起人间的情谊，它们自在很多

翻过手机照片里无限的过往

为今天的行走，腾出位置

从齐云山到峨眉山，漫长的 2020 啊，多少热烈的声音消失于虚空

汽油和血液融为一体，在蜿蜒的山路上拼命前行

我们都是匆匆过客

匆匆过客

2020-09-26

万物安眠

雨水孜孜不倦地下着
不时揣摩着人间的心思
得是多大的雨滴才刚刚好
让银杏叶和桂花安静地落下
忘记疗愈人类的使命
（风吹斜了雨滴，有人在银杏树下剧烈咳嗽，捂着胸口）
忘记被酿成桂花酒的得意与微醺
让你的脚步和灵魂，同步走出去
看暮色渐渐落下
在天空彻底融入黑色山峰的那一刻
将长长的一声叹息
顺着湖水的柔波一起荡漾开去
直到淹没在湖岸的边际

不再与人讨论春雨与秋雨的不同
（那样的天真不可以嘲笑。只是你明白，你早已失去了再次拥有的可能）
不再执着于焦糖玛奇朵上的热奶泡是否打得足够绵密
（甜蜜的记忆，类似秋天夜晚的云，是那种不会被轻易发现的珍贵）

我们的身体起皱了，像怎么努力也无法平静的大渡河的河水
在一声接一声的咆哮中慢慢失去力量
失去残余的青春
（你总是想起，总是想起。潮湿的、死掉的，迢远的少年）
老去的从来不仅仅是容颜
还有那声再见之后的再也不见

雨水清洗了一切的事物
包括记忆。天黑了
将夜还给夜
将爱还给爱
将尘埃还给土地
将睡眠还给你
万物安眠

2020-09-27

月亮的节日

大约太阳知道
今天是月亮的节日
昨天早上就静悄悄躲在山的背后
一直到今天黄昏来临，坚决不露头
漫天细雨不分晨昏地斜斜落下
凛冽的秋风将枫叶一片片扫落
干干净净散落在地上
那清澈的样子，是否还眷恋着什么
雨水对植物的偏爱一目了然
又有谁能知道，它在昨夜月黑风高的时刻潜入
轻轻松松盗取了嫦娥仙子的美梦
关于爱与背叛，英雄与梦想，光明与黑暗
（人生总是一半漂亮，一半凄惶。月亮最好了，什么都不说破，
分分合合里唱尽岁月的歌）

悲哀一定是不合时宜的
今天是团圆的日子
时间的风暴，在今天准点停滞
月亮作为黑夜永生的奴隶，在今夜

独独会以主人的姿态向宇宙告白
爱起源于爱之本身，无关欲望
（虽然人类拼命将世界分类）
在月亮的节日里，清辉不分你我，洒满大地
或许你还能见到
池塘里倒映着的那一轮圆月的，闲情，闲心
（这时候，我们摆放瓜果月饼，焚香，礼拜月神娘娘，并且清洁自身。我们薄情了很久很久。今夜，我们是人，深情款款的人）

今夜的月光
必定是那神秘的天使
任由我们在地上仰望着
那些美好的往事
或许，原本就没有什么过去
在月亮的心里
一切都是开始

2020-10-01

注：今日中秋，亦是国庆（71 周年）。

十月

谁曾留意十月的来临
谁是十月的朋友
夏日里那么骄傲的云朵
照样迷失于雨后的天空
桂花的香味渐渐消散于街前巷后
倒是菊花开始蓬勃
流连在盛大的花园里
就像曾经的你，流连在想象的世界里
街道上到处是不认识的人
他们，和墓园里的墓碑上刻着的名字一样
都是别人的世界里
不可或缺的人

十月应该成为什么
倒映在湖水里的慢慢缩小的月亮
还是那奋不顾身扑进月光里的树影
游鱼开始向水的深处游去
冷风冷雨的拥抱，他们不敢索要
当温暖成为往事
新的归宿需要去积极追寻

渐渐缓慢的水流，带不走秋天的愁苦
爱，像流星般炫目然后坠落
我不敢说十月是时间的乞丐
在热闹开场的悠长假期里
祈求时间将它忘记

曲折的山路
连绵的雨
桂花与枫叶一片接一片落下
石榴沉甸甸垂在枝头
十月啊，尝试着痛饮时间的陈酿
在微醺里打开孤独的门
此时天空低垂
好像可以连接到地面的忧伤
树叶的缝隙里渗下路灯惨淡的光芒
无人守望的群山
任黑夜随意切割
我们茫然望向故乡的方向

2020-10-07

远方

站在陆地的尽头
我看向远方。夜幕低垂
分不清天空与海面的界限
就像，始终分不清青年与中年
白发很早就有，目光始终如炬
跳跃的心思一直紧紧跟随
每天写下新的诗篇
每天，站在年轻的最前沿
语言寂静的魅力
由热烈或冷清的文字，负责深爱

渔船和游船鸣着笛
驶向我站立的地方。渔人码头
在夜风中闪着红红绿绿的光
垂钓者的鱼竿在风里摇摆
旁边的篓筐里空无一物
他垂钓的大约是时间，或曰寂寞
极目处的深海被黑暗统领
所有翩翩的舞者在那里汇合，然后下潜

期待抵达地心的终点

（不知道那里是不是足够宽敞，能否容下所有的心思，包括欣喜和怨怼，包括浪漫与惆怅）

最后一班游船抵达码头
长长的甲板上。堆满了行色匆匆的人
咸涩的味道马上浓烈起来
空旷的夜晚，一下子变得异常拥挤
他们从大海的远方驶来
他们向着陆地的远方走去
中间是闪闪发光的海岸，以及
激情澎湃并灰飞烟灭的过往

远方任由我们凝视
我们啊。一无所有，一无所惧
或者相爱，或者离别
生命的浪花
从来不会错过我们一分一秒
生命的意义

一层叠着一层，汹涌而来
汹涌而来

2020-10-08

传奇

海水不咸。咸的是
站在码头上凝望海面的
他的眼睛
海风在他的面前来回踱步
将鬓角的白发吹得张扬
远处船舶上的灯光，一闪一闪，忽明忽暗
说不清楚的
大约都是一种眷恋
有风的海边的夜晚，陆地的最南端
总有一些故事适合在心里反复生长
被浪花击中，或者被往事挑拨
或者一头钻入海的深处
寻找那条巨大的龙趸鱼，以求解释
关于爱和乡愁的一切疑惑

像大海之于陆地
像秋天之于四季
像疲倦之于旅行
像忧郁之于人生

大海和夜晚，有着天然相同的属性
将一切吞噬，然后由着自己的性子
向世界呈现出各色的剪影或轮廓
我们对号入座，各自欢喜，各自涕零
活着，就是安静地融入各种背景
哪里有几样是自己真正的觉悟和欢喜
你们快乐与否，又有什么关系

当大海成为背景
我们就成为传奇
秋天夜晚的海风
很容易就让我们走进各自的领地
完成自己，成为这个世界的唯一
（没有什么难以置信，只要你来到这里，在夜晚的海边，仔细聆听）

2020-10-09

风度

云知道天空的痛
在第一滴雨落下的时候
躲到了山的后头

水流渐渐放缓
任落叶慢慢沉下
或者，随着平缓的波浪
向远方流动
金色的秋天啊
我们都未看够

露水到处都是
早行者的裤脚甚至有些湿润了
你将内心的饥渴
小心翼翼地藏起
蹲下身，以红艳的唇
亲吻这秋天的眼泪
此际的露水很有风度
润你无声，落地无声

右耳一直如薄翼蝉鸣
在下蹲的时候尤其明显
你不愿意再辨阴阳
（能量与物质永远守恒）
在黑夜降临时，你隐身入林
无声地数着星星
光阴融化
孤独成谜
永恒的宁静像冬日的雪
飘散在地头和心里
不要再抗争
点起最后的火焰吧
燃烧自己，将翩翩的风度
（它们是如此高贵）
封存

狂风和巨浪
并不一定是因果关系
一个钟情的是肆掠

一个更想倾诉
海鸥，在它们中间有些发蒙
忘记了风度

风在稻浪里唱歌
长得最高的那株稻穗
很有风度
一直屹立在离大地最远的高处
认真聆听
来自田间和云端的
粗糙的往事

2020-10-11

骨头

白云和我一样
度过了无所事事的一天
向东还是向西
全凭风儿召唤
摊开的书页，在风中哗哗响
白色的云朵
白色的骨头

岁月将自己脱得精光
配合着深秋的原野上
每一棵树的模样
无声的请求
因季节的更替而默默受苦

废墟上建起的城市
每一块石头
都有着沙砾的卑微，以及
大海一般的浩渺

矛盾的不单单是文字
还有这般被深深桎梏的文明
文字一直会活着呢
我们却不会永远在生活，最多
你允许你的心
偶尔和海面上的雾气一起流亡
那上面携带着无数块骨头的理想

现实没有站在现实的位置上
未来更加没有选好站在哪一边
不必徒劳，寻找自己的位置
或许我们可以跟随着骨头
抵达生活的边际，同时图谋新的蓝图

不要和虚无搏斗
温和一些，平静一些
像那光秃秃的枝丫一般等待冬雪
赋予白云一点灵性

给予骨头一些密度

等待文字如蜜般缓缓流淌

一直抵达树根，那地心深处

2020-10-16

你看

学习一片树叶的坠落
以舞蹈的形式
大约是我们可以做到的
一种修行
着眼现在，不提那遥远又烂俗的远方
（或者说是，不提未来）
不必尝试在坠落的过程中
可以抓住什么，一切的一切
交给风
风说，那是一场光明的坠落
不要给它染上黑暗的色彩
你看。叶子飘零
生命还在
（不要计较是你还是我）

关于时间
我们思考得越多
就越有可能愈合那些
看不见的伤口

白衣送酒的年代已过去千年
在闹市或者原野中赏菊的你我
有几人慨叹“世短意常多”
（黄菊盛开，寒冬在不远处等候）
你看。重阳节年年如期而至
隐士还在
（不必在意是你还是我）

关于深秋
人和时间，都是破碎的
黄昏总是早早来临
生命的气息虚弱低迷
霜，降落在残存的叶片之上
（人们大概都忘记了白露的模样）
一切的一切，深埋在地底（心里）
你看。最后一声蝉鸣
彻底遮住了夕阳

2020-10-24

客栈

天空是白云的客栈
秋天了，白云总是中意远方
大地是落叶的客栈
秋天了，落叶总是思念家园
你的客栈在哪里，云游的人
（固定电话的电线，已被老鼠咬破）
洁白是你生命的底色
飘零是你选择的命运
一片落叶覆盖了一片落叶
深秋啊，总是喜欢以吻封缄

风将春天的花事一直扯到深秋
你，仍未归来
蜜蜂自愿淹死在花的蜜里
蝉蜕了壳，也要歌咏爱情
金黄色的银杏叶让人想起美好的青春往事
那优美的脉络细细长长
（好想伸手摸一摸，和它说会儿话）
最后，一切归于寂静

纷纷的白雪落了下来
等着心狠的人将他的靴子，重重踩下来

是啊，总是疼痛
我们选择远行，或者沉默的生活
地球也疼痛
所以它开出无数的花朵
每一缕芬芳都是它的救赎
我在去往客栈的路上，或者
我正在建筑客栈，等待着你的到来
参与我真正的生活
我们一起建设，唱歌，写诗
最后像落叶那样，一片叠着一片老去

2020-10-27

人间

大雨天，在高速路上飞驰的我
超车道上无奈急刹车
一辆巨型的洒水车正在洒水
隔离带上的花花草草，不知是何滋味
雨和水，都是水
都渴望在人间走一趟
嗅一嗅那繁华或萧瑟的气味
（这里不适合谈论资格）
还好没事，我频频用衣袖擦拭着额头上豆大的汗珠
（是的，汗珠也是水）
在深秋将尽的白日
前方的道路依然宽阔，双向八车道
蜿蜒伸向无尽的远方（未来）
透过任性的雨
我甚至可以看见金色的草原
（像这样的深秋，我曾经长久地在草原上游荡）
成熟的狗尾巴草随着秋风一起微微起伏，点头
欢迎来自人间的，莽撞的我

不提遥远的过去
地平线已经被汹涌的海浪淹没了
不提奔波的现在
（看见的，也不全是真实）
狗尾巴草以优美的腰身向我微微鞠躬，爱抚我
人间以每一滴金子般的雨水
关心我，洗刷我浑身的尘与土
（不要提人间的艰难，就像不要提生活的耽美一般）

洒水车会收工
雨会停
汗珠亦会慢慢被秋风收复
或许，就在夕阳坠下山腰的那一刻
看那一闪而过的橘红色
就是温暖人间温暖你我的，不灭的烟火
人间，我们来来往往
从不寂寞

2020-10-29

十一月

十一月大踏步走在萧瑟的道路上
没有任何的停顿
犹豫的是漫天飞舞的落叶
妥协的是那在夏日里烂漫的白云
此际踪影全无
深秋的雨水引领着万物，向着彻底的幽深前进
快乐如果不讲道德
我们宁愿选择铺天盖地的，灰暗的遮蔽
明亮不能照进的世界里
漆黑是唯一可以选择的光明
那是一份独属于十一月的，安静与美丽

这样，我们在十一月的深夜醒来
且问心无愧
拉开幽闭的窗帘
看远方的天空里那几颗闪亮的星星
在夏天的葬礼上没有哭泣的我们啊
此刻可以流下倾盆的眼泪
完成琐碎的四季赋予我们的，原本的使命

顺便以冷冽的姿态完成自己
以流水的样式打破一切的桎梏
我们大口大口地自由呼吸
忘记，曾经窒息的命运

这样，心里的野兽彻底休眠了
等待十二月的白雪
给它披上温暖厚重的外衣
我们在下面将那黑暗的道路，行进到底
固执着岁月本身的残酷
以及轻轻触碰
那若有若无的，小小的欢喜
我们都愿意做温暖的人
我们渴望着，十一月的永生

2020-11-03

失去你

关于夏天的记忆
将落未落的叶子表示
它的心里一贫如洗
南太平洋正在孕育的台风胚胎
索性将夏天画上句号。虽然
很多人依照惯性还穿着短袖
傍晚的霞光在天空里涤荡很久
我们终究是失去夏天了。连带着
失去你

在没有表情的海风里迎接秋天
大地的色彩有多么丰富
我们的内心就有多么贫瘠
我们坎坷半生，始终无法说出我爱你
这里不会下雪，没有洁白的情谊
海水的灰蓝色不能代表那种纯洁
那是必须由广袤的天空里以自由落体的形式
飘下的一朵两朵无数朵的，透明的思绪

残余的红色枫叶上点点晶莹
失去你，好像也不是什么困难的事情

我总是想
落下的叶子和雪花，它们最后去了哪里
一转身就是千万里
年轻的时候，我们不懂
秋天不会懂得夏天的欢快
秋天不会懂得冬天的洁白
好吧，我们投降
令尊者入住心中。失去你
一朵小花的情谊
在今天，在秋风里，唱给大家听

2020-11-10

山海天

远处的海
一刻不停地吞噬着天空
天空好像并没有什么意见
以一种淡淡的灰暗，与海面交融
我看看那些在海边垂钓的人
面色沉稳，海杆伸得很长
仿佛他们就是天空（大海）的一分子
虽然很多人脚边的鱼桶里
只有一两条鱼在畅游
比他们脸上的皱纹还要稀疏
这一两条鱼，去过多少地方，遇见过多少暖流，有没有喜欢在深深的岩缝里来回游走，有没有曾经为一株不起眼的海草停留，还有尽情欣赏那美丽的珊瑚，那些无法产生伤害的地方
为什么，我总是在如此宏大的海洋与天空面前
想象那些细微弱小的事物

山一直站在海的里面
位置随着人的移走不停变化着

这一刻山就在海的中央
过了十分钟，山就屹立在海与天交汇的地方
我一直很想对这样的山一探究竟
因为它的名字更应该叫作岛屿
它完全被绿色覆盖，经年累月
没有高压电线杆，没有房屋
什么时候望上去，都没有人类活动的痕迹
它浸泡在海的怀抱里
感觉温暖吗，会不会时时觉得孤独
每一次面对它绝对的纯净
我总是感觉非常快活
（我很少来，一生肯定是来不够）
所以，能不能上去与它亲近
并不是很急迫的问题
我愿意用一生来慢慢探索
（我明白，有一种爱，并不可以触摸）

海风吹过来，海浪打着卷
岸边的树叶，一碰就响

海是灰色的，天是灰色的，山色苍翠

往事浮起又沉下

岁月总是温柔

2020-11-11

好日子

待拆的海沙做的房子
荒草高过了围墙
一群小猫躺在屋檐下晒太阳
恬憩的样子让海风艳羡
它们的妈妈也躺着
甩着尾巴的样子非常性感
在时间无止境的缝隙里
我们皆是蝼蚁、蜉蝣
它们啊，它们世世代代居于此地
身边有粮，心中有光
（不需要供楼和血拼双十一）
天天都是好日子
岁月缓慢悠长

我们的日子慢不下来
太阳什么时候跑到西边去了
我们一无所知
围墙上的尖尖玻璃被花草环绕着

看上去也没有了初始的锋利
当初为了阻挡谁呢
（现在，除了偶尔挡住往事的造访，就剩下太阳照耀在上面，那点点的粼光一闪一闪，煞是好看）
院子里的白玉兰树长得太高
（树跟得我们太紧，上上下下都是一样）
今天只是砍去了下面的枝杈
留下粗壮的树干好好思考人生
希望它千万不要和墙头墙缝里的小草那样
只会使劲往外挤着凑热闹
（晃来晃去是那么无聊）

捡了两朵盛开的白玉兰花
用清水养着
它们的样子，它们的香
我全部喜欢
它们怜惜我陪伴我的时光
全部都是好日子

如果你不相信，过来吧
给它们换上更清洁的水
让芳香的气息肆意流淌
送给你明亮的生活
送给你无比的健康
送给你所有的，好日子
（关于爱的祝福，从来都是万万年）

2020-11-11

注：谨以此诗祝愿我的小弟生日快乐，健康平安。

一部分

看不见的风
剥去了天空的蔚蓝
海的颜色，层次感不再分明
遗憾的是
它们甚至不知道，彼此都是自己的一部分
不用刻意堆砌出那么遥远的距离
天空是一个大大的句号
海由无数朵浪花组成无数声叹号
风总是充满变数，像痛苦本身
组合在一起，每一部分都包含着
苍白的记忆
（是时间打破了爱，还是变幻的爱，打破了时间制造的迷局？）
每天被归还，同时被遗弃
每天被遗弃，同时被归还

看不见的暖和
夺走了深秋的凄楚
摄氏二十多度的气温
让柜子里挂着的毛衣和棉衣，甚是孤独

窗外人为折断的树枝躺在草地上
软绵绵的，和这该死的天气一样毫无起伏
抬头望天，觉得每一朵云都很可疑
浑身的热量喷涌而出
那个忧伤又自尊的自己，莫名其妙躲在山的身后
任由可恶的风
裁剪着云彩（裁剪着自己）
不要皱眉，不要皱眉
锦衣华服的你
以一种执拗抚摸着额头中间的“川”字
那是自幼我在书写的，怎样的担忧之诗

墙角纷乱的落叶
层层叠叠，那是深秋蜷缩在角落的悲伤
我在家里洗涤，清洁
看生命之水从指缝间流走
偶尔会调皮，吹起几个肥皂泡泡
它们都是，或者说曾经是
水的一部分

（爱的一部分）

衣柜里的衣裳分门别类，整整齐齐
抽水马桶用了十来年了，像新的一样干净
凉拖和棉拖就在鞋柜里静静待着
等待着永不返乡的主人
披着厚厚的雪花，微笑着回家
爱是那汪洋中永恒的漩涡
你以为离开了，其实它一直都在

我祈求冷空气的降临
祈求还有机会穿上那些孤独的衣裳
祈求眼睛不要蜕变为饥饿的名词
祈求丰沛的雨水遍洒大地
让那零散的，一部分一部分的爱
像雨水一样穿越高耸的南岭
落在嘻嘻哈哈的童年之上
祈求像童年形状的欢快
哪怕只有一部分
被岁月归还于我，于你

于这个苍茫的人世

童年所隶属的时间的一部分

游走在今天和明天的边缘地带

游走在海天相汇处

2020-11-15

日常事

是什么将暑热在初冬变得如此熟稔
将第一片枯黄的叶子落下
变成最后一片落下的叶子
不明四季的风
将一切的荒诞吹拂成起伏的麦浪
穿过人间空空如也的身体
再轻盈地离开。灰白的天空以灰白宣誓
这一切皆是日常事

时间是一条洗净一切的河流
日常的思虑像回旋在河流里的落叶与飞花
打多少个漩涡都无济于事
都会被淹没，都会沉下，都会终结
河流始终向着未知流去
流向人一辈子都不容易抵达的远方
不知有谁站立在河流的那一侧
卷起竹叶吹着处子般的口哨
飒飒的风将声音转换出一种，关于爱的缠绵
没有热量的阳光洒下来。一种虚假的温暖靠近人间
这一切皆是日常事

读书并不比喝酒高尚
喝茶也是一种可快可慢的日常素养
日常的语言皆可用来作诗
就像自然本身，是一篇永不停止的诗篇
脆弱的不一定是意志
遁世者不一定在修行
生活本身皆是日常事
其余诸事。理应交与时光自行打理
像猫咪吮舔自己的爪子
像蚂蚁搬运自己的粮食
像泥土替代黑暗
像鲜花绽放春天
像你写给我的第一封来信
轻轻读起的声音。谛听一辈子的声音
如诗，如歌，如日常
（如冬日的候鸟留下的整个天空，都充斥着这样的歌声，广阔辽远。这样的天空，就是我们仰望的日常）

2020-11-23

夜深沉

夜深了，城市的灯光
从来不懂得寂寞的滋味
灯光和月光无需交谈
齐齐制造出各色的阴影
阴影蔓延，夜归人行走在其中
心里升腾起隐秘的、不为人知的，小小欢喜
夜深沉，允许我们吞下新鲜的眼泪
和早已死去的星星一样，醒在另一个梦里
城市的天空从来都是黑不透的
这样可以激起我们许多的期望
想象一个我们在人生路上疾行
（像一种孤独摇晃在人间）
另一个我们，在四处张望
（另一种孤独一直在流浪）
大部分的人生都隐匿了形迹
在一两个特别的日子，有意无意间
分门别类地呈现
（往往是往事不知如何追忆，前方道路曲折又空寂，爱的人丢失了名字，指缝越来越大，体内的血液在收缩、在枯竭）

深夜的丰盈是一种虚假的代名
冬天里一切都蛰伏起来
低鸣的是我们内心的声音
墙壁上的爬藤枯萎，像极了我们的身体
我们的人生不曾丰盈就将凋零
过往的岁月不是少年人想象的取之不尽
然而白日的阳光变幻多端
我们无法集中思想
于是选择这样深沉的夜，将过去打量
在夜风的呜咽声里自在悲伤
白天和夜晚其实界限不明
这样正好。留住一些爱恋，留住一点希望
不至于夜色深沉时分，我们冲动起来
任性地将秋天全部的血液燃尽
像落叶那般在寂寞的天地间游手好闲

2020-11-25

注：今天是个美好的日子。祝福！

呼唤你

风一动不动
和静默的你。一起倾听
草叶轻轻地呼吸的声音
无所谓花园里色彩的轻慢
你身体的全部空空荡荡，四壁萧瑟
听凭草叶的呼吸声在你的心里回旋着
你是世间最无用的云游者
唯有草叶将你呼唤，伴随着花朵的绽放和凋落

雪白的云朵
大片大片的。这纯洁的使者
还有这经过治理之后的涓涓小河
白色的飞鹭，对于河水有着骑士般的热情
就那样轻轻轻轻地沾湿羽翼，呼啸而过，然后再次降落
暮色中频繁地起降
在你的心上印下表演的痕迹
同时诱惑着你将灵魂留在此处
白鹭贴伏这羽翼划动的波澜
失落的，是你一直追随的双眼

洁白到透明啊，无论是白云、白鹭，还是小河流水与看不见的风
你固执地认为风也是透明的
这是你所经历过的人世间，一种匮乏的品质

花园的深处依旧是花园
南国的深圳也没有太多的时间留给夏天
你以为透明意味着彻底的寂灭
所有呼唤你的表情不再活着
白鹭飞翔的高度是你寻常生活中不可能抵达的理想之地
云游者的你啊，伏地而息吧
你也会和草叶一起轻轻呼吸
直至大地将你变成那永远的透明色
（如果透明是一种颜色）

2020-11-30

注：再见，2020 年的 11 月。

冬日物语

一切自古就有，一切又将重复，只有相认的瞬间才让我们感到甜蜜。

——曼德尔施塔姆

十二月在一片岑寂中来临
并不出奇，冬日的万物习惯了沉默
比如冬天的空气、白雪，以及那挂在枝头的最后一片固执的枯叶
我隔着窗户玻璃欣赏天上的净月
十二月的第一夜应该是稍稍给它加了些重量（或者说某种沉重的东西）
圆满的月亮在我的凝视下，径直沉向了海底
明亮的光芒瞬间黯淡下来
真实的万籁俱静
我不确定一切美好的事物，是否
都站在与冬日相对的那一边
唯有被冬日遗忘的心情，像蒲公英的花朵那样，随时随地俯首皆是（仰面皆是）
月光始终是冷色的，与我一起默默接受着床头摊开的、微微发黄的书页，轻声的喟叹。褪色的，哪里只止光阴呢

冬日的寂静。营造的是一种无可逾越的距离，生生死死，来来
回回

写这首诗给十二月
以一种幸福的心情

2020-12-01

大雪时分

这个世界充满无数生命，充满和它数量相同的死。

——题记

大雪的节气里
想看一场纷扬的大雪，在南方
是一件不可能实现的事情
如果梦中的大雪纷飞不算的话
当然，现如今一切的草木
皆被涂抹上淡淡冬影
缺乏的只是一种一气呵成的情绪
唯有那样的情绪里
隐藏着一种叫作缠绵的情愫
我们漫游其中
细细感受时间夺走的，以及
时间给予的
（是叫作思想，还是意志，还是欲求，我并不能够仔细分辨）

没有雪的冬天
真是寂寞

时间的河流里

十二月的天空是灰蓝色的，在南方
你想不想看，它都在那里
蓝色蓝得很淡
灰色灰得极浅
好像随时准备着消失，或许
它们一直走在消失的路上
短暂的暖阳，唤醒了草木短暂的柔情
黑夜无尽的黑
赋予万物应有的冷与枯寂，南方
并不能例外
冷的风，被牢牢关闭的门扉和窗棂挡在室外
室内的线香袅袅，一丝不乱
像婚床前端坐着的新嫁娘的衣装
唯有香气，以及
关于冬日那一根寂寞的线香的记忆
（我们知道，时过境迁，一定无人再提起）

我想说我喜欢冬天的黑

在大雪时分

可以早睡，可以做梦

可以拥有全部的记忆（鲜活的）

大雪纷飞

枯枝摇了一整天

大雪纷飞

爱人在雪的那一边

白雪是他的衣裳

白雪是他的快乐

白雪飘飘，是我们的理想

（没有枯坐，只是飘扬，飘扬）

2020-12-07

注：今日大雪。

青鸟长鸣

一声清脆的鸣叫割裂了天空
时间的仆人们瞬间议论纷纷
有人说那是一只青鸟
（一只青鸟）
天正在下雪，鸟的青色无比动人
昨日还红艳着的枫叶瞬间洁白
冬天诞生的朵朵雪花
给予人们无限的纯洁
青鸟长鸣，天空平添一份辽阔的寂静
在天地肃穆间人们知道
往事和雪花一样，晶莹明亮
大家可以轻松地谈起，或者选择缄默
忽略那些轻狂的虚掷的岁月
（它们也是明亮的，只是和如今的时间一样锈迹斑斑，一贫如洗）
青鸟长鸣，青春的碎屑闪闪发亮
仆人们用雪花般潮湿的眼睛注视着这个冬天
这个没有再次错过的冬天
时光错送的邮件，借着爱的名义
踏上回家的路程。谁都不会提起

有人熟悉这块领地

有人正在遗忘

青色的鸟，小心翼翼的爱

故人不在场的如释重负

雪花的轻盈和沉重

青鸟长鸣替代被束缚的语言

漫天雪花像省略号一样飘在空中

大地沉默着，匍匐着

引领众生蜿蜒前进

2020-12-09

遥不可及

所谓想象，其实不过是记忆的重现与复合。

——题记

都说飞鸟的生活遥不可及
它们充满爱意的眼睛里
呈现的是整个宇宙的风景
不像世间的人总是流连于独行
随风奔跑的时候，老是忘记天上的流云
扑面而来的那些事物
（一座神山、一汪塘水、正在落下的一片树叶、一朵小小的黄色的蒲公英花朵，两张平行的木椅子、搁浅在滩涂上滑溜溜的两块石头、清浅的小河里两只游弋的透明的小虾，三朵橦花，四棵盛年的大树，五种颜色的簕杜鹃，六个废旧轮胎堆砌成的小花园，七个排成排玩滑滑梯的小孩，八本书，九个梦想）
人们习惯了视而不见

飞鸟的羽翼沾满了尘土
千百个故事在上面轮番上演
越来越厚的翅膀上

堆满了世间的奇闻轶事

飞鸟用经常的鸣唱打动这个世界

它们的歌声里从来没有困惑和迷茫

这样那样的清脆声里

携带着星星的光芒和花草的芬芳

飞翔，就是它们幸福的模样

如此的美好

于人们来说是这样那样的遥不可及

就像在白雪面前

不要妄图用黑暗来打动世界

2020-12-19

星月微明

冬至日的澄净
由黎明的第一声鸟鸣开启
那婉转的轻啼
仿佛将夜与日连在了一起
（仿佛将冬和夏连在了一起）
此刻是四点？五点？我毫不知情
（我一点也不着急知情）
轻手轻脚起身，不要吵醒那些做梦的人
（他们在沉睡还是装睡，我也毫不知情。抑或整夜无眠）
掀起窗纱的一角
外面星月微明
星月微明
对着窗玻璃轻轻哈气
一层薄薄的雾覆盖上去
手指跟着来回划动，一朵活泼的花盛开了
不要去管它何时凋零
（或者不叫凋零，应该说消失才真正应景）

岁月的虚无
莫名爱着众生
折断的羽翼拖着渐渐绯红的光
在枯树与荒草之间，缓缓而行
黑慢慢变成青，然后渐渐亮起来
原本荒凉小径上的枯叶
好像也飞舞起来
不知道是早晨的风，还是脆脆的鸟鸣让它们惊醒
不知道厚土下面的蚯蚓在打怎样的结
不知道江南的那一汪清泉，在不动声色的冰层下唱着怎样的小曲
（不知道爸爸妈妈今天的早餐，是汤圆还是汤圆啊）
冬至日的澄净。我爱
星月微明

2020-12-21

混沌时日

他发现时间也会失足、出意外，因而裂开，在屋里留下永恒的断片。

——加西亚·马尔克斯

不知从何时升起的静默
在这个周日之夜
悄悄替代了一周的喧哗
生日与疾病皆在年末冲刺
（无人喝彩）
忙碌到精疲力尽后
茫茫然望向家人的脸。哦
岁月时时仁慈，几乎碰都没有碰他
疾病是真的狡猾，寒热错杂极难分辨
（我在心里认真笑话自己脸盲和眼瞎）
我深深痛悔平日虚度的年华
漫长的冬夜啊，一晚又一晚
像一把尖刀插在我的心口
（“忍不住晚上吃了两口饭了”，刚刚的反馈让我看见了月色的皎

洁。书房里传来翻书的声音，带着寂静的况味。这混沌时日终将结束。胃气尚存，病奈我何）

檀香的气味接纳着此刻的一切
21 摄氏度的美妙温度
那只白天一直在阳台周围叽叽喳喳的乌鸦呢
现在去了哪里？它的家在哪里？
洗衣机轰鸣着赶走浑身的疲惫
楼上的簕杜鹃垂了下来，粉色的花朵
贴着我温热的脸
一些轻微的水滴和花儿一起
在阳台的微光里轻轻荡漾
温度与微风合谋着类似春天的图画
枝头的花朵，地上的枯叶
它们是不是也经历了很多的悲哀呀
要记得，让疾病站在记忆之外
让花香与檀香的滋味长存
不要害怕黑，不要害怕道路曲折

我们携手。黑到极致

就是光明呀

2020-12-27

未尽之日

挂钟的指针滴滴答答
并不理会，它的无人应答
在一个荒芜的年份里
年初时暖冬下发过的誓言的温度，以为一直都在
年尾预告又预告的寒潮尚未到来
我在危险逼近的境况中开始瑟瑟发抖
（年轻一点的温暖，总是容易被年老一些的寒冷俘获）
未尽之日，未尽之书，未尽的迢遥的孤独
我的自言自语，无人应答

短暂的激情随着落日消逝了
天上挂着死寂的模糊的灰蓝
白日如此短暂，令人不安
招摇过市的是那些无处不在的落叶，以及
零星的蝉鸣
（不要指望蝉会宽恕冬天）
停在哪里从来不是重点
大地会将它们一一收纳
大地的沉默，自有深意

我发誓要读完的书
一直在耐心将我等待，它们并不在意
被我短期或长期地放逐
悠闲地等待和时间一起流逝
美丽的一切，渐渐遥远
和时间走着相同的下坡之路
未尽之日，未尽之书，未尽的迢遥的孤独
我的誓言
像一个空空如也的树洞，近望悲伤不已

岁月的流逝留下的皆是灰烬
（我们无法憎恨灰烬）
时时提醒着生命的微小，以及
生活的没有意义
多一场少一场无营养的对话
对于岁月本身没有任何关系
就像誓言可以重新来过
书本可以再次捡起
我们照样会在白天了解蔚蓝，夜晚阅读星辰

蛇在冬天一定会冬眠
青黑色的岩石和厚厚的落叶与松针
是它们的芳邻
大自然的单调与否
与季节的关系并不是全部
（我们可以设想，春天正在对凛冬隔岸观火的镇静）
有些繁盛与生俱来，无须推演
未尽之日，未尽之书，未尽的迢遥的孤独
无须逃避。厚厚的积雪之下
一切的灵魂都会发出声响
有些不过是蛇，有些不过是人
在尘世间大家都需要做些事情，完成一生
（不要频频提起意义，那样的你不是愚蠢，就是残忍）

2020-12-29

注：于家中，写给 2020。

在清寒中

任何人都不拥有这片风景。在地平线上有一种财产无人可以拥有，除非此人的眼睛可以使所有这些部分整合成一体，这个人就是诗人。

——爱默生

松针在清寒中落了一地
松鼠在练习抓鸟的本领
我站在山间，看着，乐此不疲
身后的朝阳在慢慢爬头
我不需要回头，我用我的心，无声地感受
林间的一切渐次暖意融融
2020 年那些坏的故事
走进深冬，不再露头

21 世纪的 20 年代，走得飞快
我们没空犹豫，没空徘徊
所有关于时间和生活的痛
我们在皱纹和诗歌里与之相认
相互举杯并且欢呼，或者抱头痛哭

在清寒中，我围上温暖的围脖
以不太僵硬的姿态回望
持一朵蜡梅，迎接春风

在清寒中，接受普通人的命运
坚定地走向自己选择的道路
生命中那些真实存在的，非凡的意味，永远将我召唤
那是我一步一步走下去的力量，长久不歇的力量
虽然此刻街道冷清
虽然没有人可以看见我
世间此起彼伏的哭声被神明怜悯
爱的色彩被冷风过滤之后，异常纯洁

2021-01-06

坐坐再去

当水墨完全摒弃了装饰性，有人看到了枯槁，有人看到了生命。

——苏童

朔风呼啸着
扑向外墙上凹进一块的窗户
玻璃以一声脆响逼迫风儿转头
奔赴另一片战场，或者另一片苍穹
我在墙内瑟缩着，没有喊它，坐坐再去
前天在中央公园的远足
白鹭伴随着涓涓的福田河随我飞翔了一路
昨日下午在莲花山公园登顶
山腰间整齐码放的蜂箱，不逃避人群，也不迎合人群
朔风与我厮混二日，已经相熟
就像孩子记得母亲的体温，冬日里与朔风的郊游
是一种艺术的必须
冬日里的山水，谁敢说不是自然画好的水墨

寒冷是真正来临的冬日
对时间与生命的一种定义
在朔风中前行的人

注定要行走在一条壶奥的道路上
我很多时候对此犹疑，躲在室内，裹足不前
我害怕见到途中太多破碎甚至腐朽的事物
尤其是害怕听到爱碎掉的声音
然而等待太久
屋子里浮起的恐惧争先恐后向上漂浮
室内室外的界限不再分明
一个接一个类似梦魇的东西，在朔风的牵引下
从头顶飞向不知名的地方
坐坐再去。不了
冬天已经将我们全部变成了冰雕
我要离开我，仅用文字，诠释我的心
我要记起，那些我在生命过程中已经慢慢遗弃的一些东西
在青年到中年的漫长旅程里，我需要建设，需要过渡
需要和朔风成为朋友
需要记得浪漫与热情，而不是单调的务实与冷漠

坐坐再去。我的爱

2021-01-11

腊月的羔羊

在大地上我们只过一生。

——叶赛宁

腊月的羔羊是幸福的
它们挨过了提心吊胆的冬月
虽说过去的岁月不会言语
现在也是大地荒芜，万物虚空
它们毕竟还活着，它们的血，是滚热的
它们在山坡上奔跑，身姿矫健
偶尔经过一两株尚未枯死的狗尾巴草
它们会停下来“咩咩”几声
呼唤尚未到来的未来
将过往经历的忧伤遗忘。凭信仰取胜
此刻的阳光温暖清澈，总有那么一缕
温柔地滑过它们的双眸
那亮晶晶的眼眸啊
是心灵得到慰藉的凭证

我的幸福与腊月的羔羊不分轩轾

我的笔下，或停滞或流畅的文字都令我安心
我是庸常的，文字是美丽的
彼此的裂痕，用勤奋去弥补

年迈的父亲尚可为我磨刀
锈钝的厨刀瞬间焕发了新生
母亲尚可给我晒粉蒸肉
停了两年降糖药的她，在消瘦了十几年之后
最近神奇地长了六斤肉
（虽然母亲肚脐上的伤疤，永远让我后悔自己的学识浅薄）
我拉着母亲的手，教母亲辨认着身体的穴位
母亲学习得很快。凭借她对子女的热爱
那时的我其实有些恍惚
恍惚于幸福如此轻易地降临于我
陪伴父母亲慢慢老去的岁月
来得如此真实。不必追逐虚幻的远景
活着一天，四目相对
在静谧的光隙里感受爱的永恒

对生活的眷恋
与这个冬日，我们燃起的炉火的温度相等
不要去揣测，不要怀疑
它们互为因果，一切刚刚好

腊月的羔羊，以及我们
用热爱抹平皴裂的伤口
近乎固执地迎接幸福

2021-01-14

时间老了

所有走过的道路
宽阔的或者狭窄的
最后的结局都是一样的
浓缩为一个小小的实心的点
没有色彩，没有温度，没有视觉与听觉
就是那么小小的一撮
你一定要赋予这些道路以意义
充其量就是，一种怀旧
就像这腊八逢上大寒的日子
一碗热气腾腾的腊八粥温暖了你的手和心
数十瓣冰凉凉的柚子肉催你难过与泪流
日子因为寒冷容易变得冷硬
生活因为无聊总是显得漫长
困惑与喜悦的心情
如同潮起潮落般自然地来来去去
有时还要添上令人悲伤的黄昏日落
和那永远不可避免的
广阔又深邃的黑色长夜的包裹

我们渴求温暖的阳光与坚韧的意志
但是潜伏在生命深处的瘿瘤从来不会放弃
它们在黑漆漆的道路上移动，一点点地
向着那可能的光明之地
所以，拥抱光明吧
同时拥抱不可逆转的衰老与病痛
岁月总是在回首时
笼罩着一层朦胧的美，以及无法丢弃的
那些翻涌而起、层层叠叠的伤感的醉意
我们都曾经是年轻的骄傲的人啊
在这样的岁末，我们只能揣着怀旧的念头
写下这首不知如何是好的诗歌

大寒已来，2020 年已经逝去
很难说生命的绽放和死亡哪一种更加深刻
唯有自然不可小觑，不可辜负
节气是人类推演的结果
自然则是永恒的另一面
认识这一点，我们的心灵就不会寸草不生

我们就不会在无知的海洋里彻底沉没

时间老了

适合遗忘

2021-01-20

注：今日大寒，腊八节。

无声的一月

在又一个一月的黎明到来之际
我不出声躺在被窝里，听着
实木柜子一下又一下的嘎吱嘎吱声
（好像它们从未离开土地，一直在生长，甚至因成长而呐喊。）
听久了，不由自主地伸出手去
抚摸着时间在额头上刻下的些微印痕
先前的梦境仍旧分明
我梦见自己所在的城市像一座孤岛
漂流在汪洋大海之中，海水无声地瓦解着一切
“无情”的因子，像种子落在大地
同时向四面八方延伸
感觉没有什么不可以放弃
无声的一月
伫立在宁静的废墟之上
无论望向何方，都是没有未来的境地
我被不可捉摸的混沌包围着
走过的世界退到身后，前方空茫
连一只鸟儿也不会飞过

不知道这个梦境的内容

是否指向永恒

因为在醒来之前那个仓促的梦境之中

我变成了一只鸟儿

而那汪洋大海与一大片废墟是重叠的

我以自己的方式从它们的空隙间翩翩飞过

因飞翔而迅速形成又飞快消失的痕迹

（痕迹的漂亮令我流连，风快速抹去它们的样子令我伤心）

就是我生活过的世界的样子

在梦里我感受到自己的清醒

比起在现实中

我极力躲避的生活呈现的残忍

哪一边会多一些？

无声的一月啊，不会解释给我听

此刻，无声的一月里

又一个黄昏降临

无边的夜色，慢慢地

就如新嫁娘的裙摆徐徐扫过大地

我将再次睡下，和万物一起

2021-01-26

我们的命运

我们都是人世的过客。

——海德格尔

太年轻的时候
我们不大可能会选择正确的道路
（当然，正确本身就是个悖论）
随波逐流是我们的命运
左手边是明亮的月光宝盒在溪流上漂浮
右手边随时就是暗流涌动的寂静之河
（我们如何理解寂静？比如，比夜还黑是不是就是寂静的代名）
我们不懂得祈祷，这青春的短暂行程
不要过早地结束。最起码等待我们
学会面对永生的孤独
飞流直下的瀑布，它咆哮的意义何在
如果没有人知晓它的存在，见证并记录它的存在
我们啊
是每一条瀑布，亦是每一条河流
那坠向深涧的水，那流向大海的水

记载并洗涤着我们的爱与哀愁
多么动荡的命运
多么平静的归宿
慷慨的时间赋予我们生活，同时
窃取我们滚烫的理想，留下或深或浅的灰尘
去掩饰或者去淹没

于是我们在青春的尘埃落定之后
喜欢空想出一个又一个影子
解释我们热闹的幽灵般的过往，以及
将一种以前不屑一顾的叫作辽阔的品质
不断放回到记忆之中，并努力拓展到今日的生活
或者我们永远保持沉默，接受我们的命运
就像四季只是地球租来留住我们的小把戏
冬天啊，冬天就是一个名词
此刻我容许语言进入我的生命
虽然它的狭隘写不尽真正的人生之歌

2021-01-28

矜持的一月

矜持的一月
比夜色更深的黑，以及惆怅
逝去的时间好像还在楼与楼的间隙流淌
传递着依依不舍的情绪
还有冬日狰狞的面貌，飞鸟清脆的鸣唱
这梦一般的一月，这触手可及的过往
所有关于独处的并非孤独的讲述
悄然滑入虚无的世界，听不到任何微弱的声响
一月的天空缺乏白云的畅想
很多时候是各色的蓝叠加在一起
（成倍地聚在一起，是别的月份难以企及的那种蓝。那种思而不得的伤）
有些怪异，有些忧郁，散发着纯粹的光芒
不知道它是不是知道
很多人啊，很多人啊，无法还乡

风将矜持的一月抱在怀里
早开的桂花以奇异的香味穿行其间

（这个“四季桂”，在合适的温度里一年四季都会绽放）

宽阔的花园是寸土寸金的城市里的奇迹

我们和行将逝去的一月拥抱，渴望着融为一体

那奇异的蓝色的业已隐退的忧伤

那轻盈的花开，那沉重的芳香

矜持的人类已经忘记了怎样说我爱你

落单的蜜蜂在桂花丛中徘徊

那满满一肚子的甜蜜啊，无人欣赏

再见吧

再见吧

2021-01-31

二月的温度

二月的温度
隐匿于海浪翻涌的褶皱里
海鸟在它们的歌声中来回穿梭
冬天的脚步，被海水中巨大的岩石挡在了身后
孤单的长椅在细软的沙子上投下长长的影子
一切顺理成章，收放自如
是二月该有的样子

春风吹起
吹跑了脆弱的冬天
同时将一切的逝去扫荡干净
变成真正的过去
行驶的汽车屏幕上，显示着摄氏30度的高温

（我不由自主地摸了摸额头。我的身上穿着来自一月的衣裳，厚长的外套勉力充当着一月的使者，希冀对一月加以注释，同时标榜逝去的自由。过去的一月，大约正隐身其中。对于这种隐身，谁会刻意去怀念呢？而且，不仅仅是一月，我在一月的存在也同时溜走了，只有二月的温度为此刻的我所感知，类似那种，在无

尽的时光的虚空里追寻结果，疼痛的结果）
二月对温度的态度来得如此直接
略过了任何修饰一番的庸俗

月初的日子
大约是月份的边缘地带
我们的视野总是习惯快速掠过
或者，故意制造出一份缺失
给后面日子里的各种找寻，以明确的理由
生活总是需要一个又一个的理由
就像春天总是喜欢做梦
比如说先来一场梦幻般的温度
梦里的一切不存在尽头，也没有开始和结束
我们航行其上
不眠不休

2021-02-02

刚刚开始

凌乱的季节
我们各自囿于摆不脱的藩篱之中
命运的底色渐臻为一种暧昧不清的透明
仿佛岁月，于你于我都是刚刚开始
又像早已结束。童年的印迹
在心里扯起风火轮般四处闲逛
成年的我们，在磕磕碰碰中老是不小心撞上
太多的故事游弋其间，痛苦和幸福的感觉
争先恐后地想要上岸
我们都以为
岸上有一个美丽世界

年味在飘荡
庚子年的往事就像在云雾中远去的烟
我们无法说过去的一年是可爱的
虽然老去了一岁，我们的心清醒地提示着
不要再回来了。最微末的生活
记录着最剧烈的疼痛

（逝去的每一个人，都有另一个人在深深爱护）
悲伤的悲伤在每一座山头游荡
迎面相遇时，我们对过往的讲述讳莫如深
聪明地绕过各自的痛点
任大地微微颤动
山被削平了棱角，海洋丢失了它的窗户
幽灵穿着花衣裳穿堂而过
我们在一种坍塌下讲述未来
我们都渴望
春天因为立春的过去慢慢变得坚固

诗歌总是会守候到最后
她编织出家庭世界的蓝图
将交谈的声音描绘成天籁
将厨房的香味论证为美食
在一切宏大的事物远离我们之后
一些絮叨，加上一盏工夫茶和两碟茶点
亲密的触碰。刚刚开始

落在清茶之上

画出明亮的忧伤

2021-02-07

生命的浪潮

一场大雾将年这个怪物
遮蔽在无形之中
春风一直在吹拂
柳树的嫩枝上有喜鹊的身姿
（我们看不到它们，但风将它们吹出来了）
柳叶湖的湖面白雾茫茫
苍茫的世界像昨夜的酒一样迷离
（我们是多么不舍得，不舍得昨日已成虚空，毫无意义地通向被遗忘的境地。这个世界的昨日与今日有什么区别呢，我们灵魂的重量毫无二致，伤心或者温暖的话就是那样忽轻忽重地在湖面漂流着，我们不甚了解其中的意义。一切有显性意义的东西，我们没有办法深谈，而且我们清楚言语的有限）
湖边的木栈道冷清
蒲公英长得铺天盖地，悄无声息
初一的清晨，同样无人言语
山茶花的花苞在寂静里默默尖叫
于是，一朵朵的茶花，有些开了有些落下
枯黄的草地上
睡着了千万个哀而不伤的落英

昨日的行走历历在目
由大雾到阴天再到最终的日出
几个小时的光阴，伴随着我，包围着我
深深浅浅的呼吸
（我的，我们的。二十多公里的湖道周围生机盎然）
一个猛子扎进水里许久才浮上来的野鸭
飘逸的云朵
不知名的野鸟在芦苇丛中窸窸窣窣的颤动
最后，湖光像银色的风帆
一次又一次扫过我们的眼
岸边的柳树在水面下微微摇晃
直至黄澄澄的薄暮弥漫起来
生命的浪潮，涌动着奔向新的岁月
山茶花下的每一个清晨与黄昏
总有人沉醉其间，没有穷极
（很多年后，如果我们再回到这里，希望可以遇见这所有的一切，包括晨雾，以及薄暮）

2021-02-12

青岩古意

水滑的青石板路
高高低低，千万双脚踩在上面
或许都无意留下什么
一条条小巷在清晨缓慢苏醒
一把把油纸伞默默撑开一片天地
水缸里的白云与蓝天依偎着
春天不躲不藏
潇洒于每一根下垂的柳枝之上
白色与粉色的樱花比邻绽放
狗尾巴草爬上了高高的院墙
印染的土布，一幅幅挂于古老的墙壁
携带着深深古意
（店员取下的时候踮着脚尖。我双手捧着，将脸埋入其中，感受这古与今的交汇，将古老与崭新一起拥抱。不要嗤笑我贪心，此刻的春天，就是我的生命）

活泼泼的孩子们背着彩色的翅膀
好像要化作一只只彩蝶
飞越身后绵延的城墙

新年已至。小舟停泊于平静的湖面
所谓起航，在此处是一种远古的想象
（春天肯定想在这里堕落千年）
千年的古镇，永远十六岁的容颜
红色的直升机在天空一次次盘旋
嗡嗡嗡的蜜蜂追逐着油菜花的芬芳
时光陪伴着人们安静地行走
一声声的鸟鸣，向着天空呼唤原野
行人脖子上的纱巾被风吹起，吹向身后的方向
各色的香囊和香茗
被飞舞的眼睛和饥渴的嘴唇带往心间
青岩古意，微笑着的春天
（在这里，春天知道她是谁）

2021-02-22

青岩春意

蜘蛛在结它的网
鸽子在青色的屋檐上散步
带着一个冬天生出的肥胖
太阳在薄薄的云层里穿梭
柳叶在柳枝上由嫩绿向深绿渐次转换
屋檐下的红灯笼，被雨水洗得发白
春风一直在安抚它们
桂花树上陆续掉下去年的老叶子
落在草坪上，落在水缸里
岁月在二月的守护下，温柔抒情

生活在讨论我们
讨论我们徘徊在它的左右
倒是常常忘记真正去生活
春天里万物正在苏醒
我们在花开花落间彼此亲近又走散
青山欣喜于朝阳的火热
因此草长莺飞
湖面波光粼粼
却也理解黄昏将晚霞的冰凉赋予其上

一只又一只晚归的野鸭
划出的波浪是我们对春日的速写
画面上没有任何疑点，只是向着前方

深夜的白月光
不忘邀约流逝的往昔
清晰的梦境
以一种童音呢喃的方式提醒着我
川流不息的是岁月本身
没有什么悬而未决的往事
我的心里自在坚定
生命就是不断地追问
像春风吹过湖面
像细雨洒入花心
像偶遇打碎宁静
春天将带领我们走得更远
在它瞌睡的空隙
我记下这段捡来的时光

2021-02-24

二月老去

春天斟一杯清酒
以细雨的形式，洒在贵阳
湿漉漉的街巷里
藏着二月将逝的忧伤
雨水渗入斜斜的排水管
发出叮咚之响
结香花浓郁的香气
令人生起无边的梦幻
气温一日走回冬天
单薄的衣裳摩擦着小小的背包
冷冽的气息，虚空的时光
在本该月圆的时节里
春天冷下了脸
母亲的电话在异乡响起
暮色深沉，平添岁月的忧伤

每一座山都静止不动
流动的是人群和车辆

甲秀楼门扉紧闭
门前的每一副对联，都指向迢遥的过往
潺潺的南明河水在楼面前拐了个大弯
河面上细细的波纹，诉说着代代先贤
隔壁孩子稚嫩的朗读声时时飞越院墙
（或者是你不羁的想象）
恍惚了你的时光，惊醒了你的春天
樱花落满了庭院，落在你的心尖
你和时光一起跌落在残冬与新春的交汇处
夜晚没有星星，却比白昼更加璀璨

二月老去
年轻的时光稍纵即逝
唯有甲秀楼的身影倒映在南明河上
它们坦坦荡荡，时常天真得手舞足蹈
这样的相亲相爱令你艳羡
你情不自禁地想啊，谁在想念你？
谁在将你召唤？

游子啊游子，你能消隐于何处？

还不快快归乡

快快归乡

2021-02-26

细雨的呼喊

我不能说，滴答滴答
（那是在撒谎）
细雨飘在我伸出的手臂上
抚弄一阵，轻轻滑下
（细雨并不在意肌肤是否柔嫩）
有一点点麻酥酥的
最后是舒服极了的冷冽之感
细雨不以声音呼喊我
就像春天，不以花开唤醒我
她与我的邂逅，来自一场
说来就来的细雨
不需要伞额外的关心
抬起头，雨水滴进眼睛
仿佛听见了大地的呻吟
仿佛看见新生的绿意支撑着黎明与黄昏
彻骨的寒冷已是明日黄花
冬天终于精疲力竭

细雨以自己的绵密

填补了春风造就的万物之间的缝隙

冬日的撕裂，在春天被小心翼翼地缝补起来

我甚至开始相信，自己可以遗忘

那些已经随风而去的事物

我仿佛听到了细雨的笑声

(“你和我都不虚此行。深夜我会消失，看看云贵高原上的月圆之夜吧，月光将照向你心底深处，所有的阴影，无处藏身。”)

我所追寻的，正在消解

我所热爱的，正在稀释

春天花了那么长时间注释的情感

被一场细雨，以无声的呼喊

说得清清楚楚

细雨倾向于沉默

我不说话，倾向于孤独

爱情与市井大约都是喧闹的。于是

细雨呼喊起来

在鲜花与嫩叶制造的风暴里
春天款款而来

2021-03-01

被遗忘的，被唤醒的

在万籁俱静的沉寂里
我们踏踏的脚步声
被湿润的、巨大的青石板吸进去
面目模糊的春夜和我们一起沉沦
在雨后的清洌里，慢慢遁入虚无
老房子前面的红灯笼微微摇晃
警醒的猫咪蹲在小巷的尽头
白日的喧哗如同骤然逝去的残冬
一场雨水
洗去了生命里所有颓唐的表情

古老的城门，此刻来者不拒
在黑夜悠长的叹息里
春风仔细打磨着城墙上的每一块青砖
聆听着岁月深处的声音
树木假假地沉睡
花香却泄露了它们失眠的秘密
空无一人的城墙内

春夜肆意控诉着去冬留下的宽阔的空洞

护城河边的垂柳，倒挂着一条条柔嫩的柳枝

安抚着城墙和周遭所有的不安

被遗忘的何止是卑微的日子

被唤醒的何止是蓬勃的春天

冬日留下大片的留白

为了什么？享受还是忧郁

我们一生都在找寻

找寻可以依偎的时间

哪怕在严寒的冬天

峣峥的人和日子

依旧是我们轻盈的向往

每一道门无声地开启

走进走出的皆是渺小众生

四季流转，是为见证

2021-03-03

雷声，萱草，及其他

等了一个白日的雷声
在墨迹沉重的深夜，来了
不知从何地开启
不知何时遍布了原野和城市
在最后进入天空的时候
伴随着一片明晃晃的闪电
被惊醒的我和上天入地的它
一起迷失在这春夜的呐喊声中

（生命里所有关于阴暗的记忆，像肿瘤一般在身体内摸黑前进，想越过黑暗的壁垒，走向那水草丰美的明亮之地。它们不知道，这样是要死人的。不要说春花终会枯萎。有些事物，最好永远都不要呈现，包括太痛苦和太美好的，在事实的壁垒之下，不允许它们有存活的空间，连偷偷想象一下，都是罪恶的辰光）

春天打翻了上个季节单调的颜料盒
看这迫不及待提前绽放的萱草花
明亮的橘黄和橘红，让我想起
妈妈年轻时的脸庞
和那时宽敞里略显冗长的日子

那时我们是孩子，天天梦想着快快生长
每天早早升起的朝阳照耀着我们的期待
好心眼的春天啊
以一种崭新的绿、一抹辽远的蓝、一种清新的芬芳
陪伴着我们，陪伴着年少轻狂的我们，陪伴着不屑于为春之万物命名的我们
妈妈日益操劳，心甘情愿荒废了自己明亮的青春，皱纹像闪电一样时不时在额头眉间穿梭。我们视而不见
春天的文本，是妈妈欲言又止的话语，是我们和飞鸟一起在天空书写的天书

雷声结束于黎明降临的时候
花事兴起，春风开始了忙得晕头转向的生涯
妈妈炸好了肉圆子托大姐寄给我
在大姐长长的语音里，一阵温热的记忆
像早起的春风一样穿过我摇摇欲坠的身体
我终于摆脱了夜里支离破碎的梦境
（梦境里唯有清晰的鸟鸣让我记得，仿佛我从时间的边缘流过，再也回不到时间的中轴线上，哭泣淹没在无边的黑暗之中。冷酷）

开始沉醉，沉醉于无尽的春意中
我应该忘记去年冬日的严谨，那么无趣
就让我做萱草的仆人吧。这样
哪怕春天的颜料用尽
灵魂里的色彩也会持续增长
和惊蛰时分出生的春雷一样
在辽阔的大地间，来一次意味深长的、新鲜的呼吸
没有弦外之音，没有暗示
清清脆脆的，我爱你
我爱你

2021-03-06

共同的秘密

春风的好脾气
吹不散乖舛的云层
哪怕已是那般褴褛的形状
于是日光时有时无
万物也就不再假装寂寞
落叶给冷硬的道路铺成流水一般
（南方的春天，以落叶为标志）
绵软的，给风一吹打着圈圈
许多的故事便随着风的节奏远去
伴随着最终的腐烂，回到生命的源头

万物生长，方向并不统一
很多你以为是朝上朝外的
偏偏向着里面、背面生长
（哪怕匍匐在地，也要向着未知前行）
春天说，这是不能言说的秘密

春日的花香清浅
承托不住铅灰色雨云的重量

在天空沉闷与堵塞的边缘
阳光以怀疑的手指给雨云裹上金边
你朝上望过去，以为是一幅风景画
便忘记了雨水潮湿的忧烦
便忘记了雷电闪亮的提示
在落叶织就的时间隧道里
安静地编织生命里最醒目的背景
实际上，最后的成果看上去
就是一个哀伤的提醒
饱含着尊贵的天真，以及
春天里应有的柔情蜜意

春风冲击着白日明亮的缺口
填补着因为永恒的逝去而敞开的缝隙
（没有人忍心说，缺口和缝隙，是事物的常态，无法弥补）
春天不会告诉你
她是过去的总和，但不代表会走向未来

整个春夜好像都被齁甜的梦组成

一种虚假的幸福

你沉重的眼皮一定会睁开

在每一个春天的清晨

新鲜的空气都会怯生生候在窗外

将你从去往枯萎和昏黄的道路上拽回来

时间自己也会报以羞怯腼腆的微笑

实际上你正年轻，对未来的每一天都感到饥渴

你敲下的每一个文字，都指向语言的末梢

这是春天和你共同的秘密

也是你们一起进行的，一场意兴阑珊的游戏

2021-03-08

自然的谜题

春天游走在海浪的喧哗中
渐渐褪去了羞涩的面纱
闪亮的裙摆和孩童的嬉闹在眼前铺陈
老旧的日子彻底地沉睡在海底
苏醒的，是广阔而明媚的岁月
整个世界
踩着海浪充满韵律的节拍
原始的、自然的事物，包括远古的自由
款款向你走来
近在咫尺的海洋给你带来远方的味道
城市的世俗与拥挤在此时此地骤然结束
一切的表象全部指向幸福的本义
你大张着嘴
海风将咸涩的滋味带给你，并且叫你吞下去
警惕啊，在春风中沉醉的人
不要让愉悦你的命运之神轻易沉睡

冬季并非短命的幽灵
你明白春天生长的万物

基本覆盖在事物的表面
那些忍耐的、长久的，甚至伟大的品质
全部像大树的根系一样深深扎入现实的土壤
那是事物可以抵达的核心世界
你必须享受春天的妩媚，经历夏天的生长和秋之采摘
才可以触摸到自然赋予你的一切
伟大的叙述者从来不是你手中的笔，而是自然本尊
你最多只是浸润其中，以无尽的热情来宣泄自然之神的抱负
包括月夜里你无法理解的黑色的告白
哪怕他们在你的心里缠绕千里

诗的国度充满神话的奇异
唯有对自然的接纳与爱慕
才会在每一个夜晚带领你
从一颗星走向另一颗星，最后走向黎明
没有人可以随便嘲讽春天
没有人可以随便看轻自然
没有人可以随便对大海欠缺敬意
哪怕我们的生活，困在各种意外之中

不要做一个面目模糊的人
不要在辽远的春之暮色里
失去自己的面孔
（那是父母对你深情的馈赠）
黑夜与人心一样深不见底
不要迷失在海浪的轻柔或者狂暴声中
自然的谜题，数之不尽
漫步其中，就是存在的意义

2021-03-12

苦痛的荒原

春花灿烂的时刻
竟然生起寂寥的心思
梦中的人啊
哭泣着想要忘记
关于天道，这些不切实际的幻想
（我们知道，自己只是尽量在场）

到底是谁
撕碎了春夜的香浓妩媚
鸟儿早已熟睡
车声在山的那一边
紧追不舍的闹钟尚未响起
白日里关于未知的莫名担心
亦被春夜宁静的气息推得远远的
那么，勇往直前的
大约就是一直以来的
思思念念
（洁白的心思，到底是如何敌过了生命中那繁复多彩的呈现）

目睹父亲老迈的孤独
你思想着
无论是佛祖还是“躲起来的神”
都无法帮助老人逃离这人生最后的荒原
苦痛的荒原
失去美的世界，也就失去了慈悲
（人生的终途，什么也不会剩下）

然而，天亮了
我们还是要整装出发
去看一看
我们可以在哪里生活
看看曾经的理想
有没有为我们买下短暂的好时光

2021-03-17

春分

不需要刻意去往鲜花的领地
在深圳的四季，花香随时拾级而上
关于花朵的本意，因此烟消云散
追寻二十四个节气
本身有些落寞，仿佛失去意义
（人生很多时候，也因为无法忘怀的失去，分外压抑）
然而春分仍旧值得记取
毕竟，从此以后
白天一天长过一天
那些暗影里隐藏着的部分生命
多多少少也会奔涌出来
哪怕在骄阳的直射下感觉无路可逃
哪怕像春风卷起的落叶般稀薄易碎
终究是敢于直面人世了。同时
不必在乎自己是否形迹可疑
来到这个世上，都有价值
就像每一片落叶里大约都隐藏着天空的一个秘密
就像每一种花香里大约都诠释了爱情的一个别名

不需要远行
以想象的翅膀，滑过江南烟雨
红红绿绿的植物的心思
川流不息的溪水的呜咽
没人在花粉的袭击下大声咳嗽
（生怕惊扰它们的甜梦）
蒲公英的花朵在轻盈地飞舞
春分讲解着绿色的故事
将真正的春天速递于我
于是，我的耳朵充满了春的气息
我的双眸盛开着鲜艳的花朵
我自愿迷失在春天的怀抱里，足不出户
或者说，春天一直躺在我的身后
如同芦苇一直住在某个岸边
看尽花开花落

2021-03-20

注：今日春分。阴阳相半，昼夜均而寒暑平。

花事

剧烈的头痛
像极了春天里那场轰轰烈烈的花事
没有虚伪的客套，在无垠的大地上长驱直入
我小小的头颅似饥渴的荒漠
绝不放过最细微的风吹草动
同学的电话将我从幻境中唤醒
哦，我还在这里，在春天里啊
（可以发烧可以头痛的中年人，是有希望的）
从窗口望出去，一抹红霞直挂天际
动弹不得的是僵硬的身躯
精神的流动在飞快加速
你是谁？我是谁？春天又是谁？

一张张青春的照片
以幻灯片的形式划过
埋藏在深处的记忆慢慢慢慢潜回
我是包裹那大小梅沙的海洋，青涩的时光
像层层叠叠的海浪不停浮起又坠落
我口齿清晰地辨认着

在海浪里短暂驻留的贝壳、海草与沙子
它们和我一样，沉湎于大海的包容
这一刻，我们拥有彼此
这一刻，我们不在乎转身之后
你的世界里是否还有我的名字

浩荡的花事
给我们引来春天最热闹的道路
此刻我们同行，唱着青春的歌谣
我不敢说我们可以一直牵着手唱下去
（“少年听雨逝，再见两鬓鬓。”同学在群里如是写）
但我可以将海的波涛记下来送给你们
那里充满夜的私语，还有南方的神

2021-03-22

过往的日子

一首诗应该比生命结束得更精彩。

——扎加耶夫斯基

我无数次从珠江入海口经过
从未想到停留，哪怕片刻
珠江的名字
在注入南海的那一刻失去
我不能想象它的心情
宽阔的江面中岿然屹立的岛屿上面
那些古旧的炮台一直都在
走向炮台的路早已湮没在荒草之中
过往的日子，那些凄风冷雨的日子
那些中国人瑟瑟发抖的日子
全部淹没在平静的江水之中
（绝不会再来）

春天从灰白色的天空里醒来
打着青色花骨朵的栀子花，紧紧缩着身子
小心翼翼地等待着更加温暖的日子

走向黄昏的时间
像个疲惫的老人急于打个盹
固执地停滞不前
过往的日子与渐趋衰老的大脑赛跑
满园盛开的紫色的簕杜鹃花朵
急切地想与每一个路过的人热情相拥
对生命的宠爱，它们不偏不倚
狂妄者休想从这里获得更多
我同样无意于谈论
岁月有没有对我更加偏宠
（我要小心自诩的安逸自在，伤与痛只是暂时沉在水底）

春天来自心里
从不对我们提问
（不会对过往的日子提问）

2021-03-23

春天的渴望

在丰水河畔，几只蝴蝶
轻声讨论着哪一棵杨树最高大
河滩的鹅卵石
急于知道我来到此地的计划
（我羞于表明自己没有计划）
随风摇曳的蚕豆花
试图唤醒我搁浅的、年少时的雄心壮志
尚未结籽的油菜花散发出阵阵清香
被大杨树荫蔽的河岸角落里
野生的水仙花盛开着，那么美丽
（大约是花蕊中隐藏着纳喀索斯的灵魂）
抬起头，耀眼的太阳躲在纤细的
由嫩绿向草绿过渡的杨树叶组成的庞大的叶冠上
只是偶尔漏下来，好像杨树叶子在调皮地眨眨眼
皖南的春天如此平静
（平静到我不敢对着河水谈论“渴望”）
其实，我的渴望像蚌珠般镶嵌其上
向往着真正的生活

一条大坝将丰水河分成一边高一边低
高处的壮阔与低处的隐忍
在游人的眼中自然地结合
漫长又仓促的童年时光
像身边嗡嗡嗡的蜜蜂那般聚集
所有记忆里的细节部分，我愿意全部还给这个春天
如果说有所渴望，不如说
大自然创造出的这场春天的视觉的盛宴
给予我无限的启示
那时那刻，丰水河的深处隐藏着什么
我的心里就涌动着什么
没有什么可以比得上
春天自然来到我的心里做客，还要荣耀
散落的光阴像草地上无名的花朵
来来去去，留下的该是芬芳的记忆

皖南，春天的一个夜晚
月亮很圆，黑色的寂静和河水的呜咽
刚好抚平春天里无处不在的风

大自然向我散播的春天的渴望

由这首诗带给你，我的朋友

2021-03-26

流水的声音

今晚只能听流水的声音
在这样一种潺潺流逝的、舒缓的节奏里
找到明月不在的些许慰藉
（月圆之夜找不见月光，我们原本很难拥有平静的确信，那是逝者的专利）
春夜里落下的每一线雨丝
不是为了让人看见
倾听吧，倾听。
如此我们皆可以在接下来的夜里
做一场温柔的梦，或许可以
被梦的温柔，轻轻地清洗
（刀子全部落在另一个世纪，这是今夜的雨，对我们新鲜的承诺）

黎明之前有一杯老姜红糖水的安抚
听着早醒的鸟儿和雨水一块歌唱
歌唱这平静又朴素的生活
（春天里的生活）
我怎么敢轻信雨燕是无知的
它们那轻盈的飞翔，饱含着对未知的渴望

它们从不哀叹岁月的易逝

（就像昆虫从不介意自己生命的短暂）

也不在乎命运的微小或者宏大

如这春天的雨水般静静流逝

在流逝里歌咏生之永恒

（谁敢否认，这不是一种非凡的生活）

总会看到星星

在雨停的夜晚

我们迟早会懂得

有些时候的不被看见

是生命的礼物

2021-03-29

野蛮生长

树和儿童寻求在他们上面的事物。
——荷尔德林

灰色的云块铺天盖地，似铅般沉重
在群山的顶上偶尔飘过一两朵白云
它们倔强又虚弱，像此刻苍白疲惫的我
最残忍的四月即将来临
春天不是依然在继续么
经久耐用难道不应该是脾胃的习性
还是说，有一种叫作理性的品质
在持续地提醒我
不要太逞强
不要因为时时刻刻惦记着自己的主权
（比如读书的时间不可以被侵扰，比如思考的问题越来越难，还有一直的梦想必须花落何方）
从而忘记，我要好一点对待身体
以三月的春天般的温柔，照拂这个世界。久一点

能够表达出来的
有多少是光辉的事物

四月是一个悲哀的孩子
她必须和春天挥手再见，最好不带一丝一毫的小情绪
从冰冻的泥土中生长起来的志向，悄悄藏起来吧
先去关心早餐和午餐，诸如此类的小小问题
古老的世界从未真正完成
没有谁可以将这篇漫长的手稿写尽
呈坎村小池塘里那数不尽的蝌蚪
哪一只不是经过了长久的等待，才终于浮出水面、见到太阳
我不能因为疼痛而心碎，这样的痛苦太过乏味
来一阵春风吧，将痛苦吹落
让想象的杂草野蛮生长
别再勉力找寻那些势必会消逝的，美好的事物
（就像我用“赤小豆当归散”，精妙到惊艳了，已经准备好要荒废的时光）
我轻轻飞过，三月的天空。笑一笑
三月微微颔首。请原谅我的怠慢
亲爱的，再见

2021-03-31

四月的礼物

黄连的苦
是多少蜜糖消除不了的伤
虽然我知道，此刻唯有苦
才是对受损身体的疗愈。总体来说
三月是振奋的
松鼠喜欢长在树上
春天总是落在雪白的樱花之上
这些是朋友圈里春游的日常画面
（我们早已入夏，这是深圳季节的日常，和“慫伏”二字毫不沾边）
我已经学会接受命运的礼物
（好的与坏的，都认真接受）
况且四月饱含着对清明的追求
它随时可以化身为一只巨鹰翱翔于天际
不像那些靠歌声取胜的黄鹂
仅仅以歌唱出场，就轻易原谅了
四月的刻薄与健忘

四月的花朵
拥有一种不计后果的宽容
诗人的内心生活得以肆意展现

并且不再对“才华”的“横溢”心生恐惧
春天就是诗歌的狂欢
我们以文字堆砌生活，追逐丰盈的生命
这一点上，四月显然比三月更加疯狂
不羁的欲望插上了翅膀
忘记那些庞大又静默的岁月吧
（忘记胃的枯萎，用苦涩唤醒它尚存的良知）
香椿芽变老了，仍旧向四周探头探脑地窥视
野猫在深夜的阒静里嚎叫，我们想象着它们如何卖弄风情
四月，好像原本静止的物体都拥有了生命
（那是四月最最光荣的使命吗）
烂漫的头脑已经不能辨别任何的细节
唯有身体的疼痛让我知道
所有这些。不被看见的
是四月的礼物

关于四月，我有很多想说的
窗外的夜风比我有力量，它雄辩的才能
将所有的乌云堆在了天上
遮蔽了四月的第一轮月亮

（说不定它想的是“消灭”）
我双手合一。原谅了
宇宙在开天辟地时就制造出来的缺陷

2021-04-01

动人的悲伤

奔向清明的日子
地下的城堡无知无觉
人们却在算计着
如何避开拥堵，麻溜地去到祭拜先人的场所
（车子不要被贴违章，很是关键）
这里面的得与失，非常隐晦
绝不能说出口。每个人
只是诚实地去做，胸口流淌着鲜花的真挚
地下的人们，不管不顾
拥抱着无尽的静默和黑暗的温柔
我不去揣测，他们曾经的爱
飘散在哪里？他们居住过的屋子
还记不记得他们的样子
生活这么清苦，动人的悲伤
显然未经许可

墓碑的意义比按时的缅怀更加丰富
它展示逝者对这个世界所做出的最后的决定
（我愿意相信这是逝者的心意）
不计任何后果

逝者的生平，潜伏于时光的激流之下
我们怀抱着新鲜的花，新鲜的爱
和勤勉的蜜蜂一起徜徉在人造的花海之中
誓言会瓦解吗？像春天一样浪漫
像黎明一般纯洁
像黑夜一样深邃
像大海一般暗流涌动
或许，每年的这个时节
清明。就是教导我们静悄悄地做一个人
一个普通又深情的人

我们都能看见
墓碑前的荒草，从不抱怨大地
我们也不要抱怨
我们要好好生活
对得起这一年一度的
动人的悲伤

2021-04-02

在场

我们谈论一些人与事
说给自己听，今天没有太阳
我们散淡的话语，甚至没有办法在阳光的帮助下
投下合适的阴影。今天的天空是灰白的
想一想，好像没有过过几个不是阴天或雨天的清明
没有云朵，没有冗长的雷声，寂静到听不见鸟鸣
没有刺目的闪电，空虚是他们不在场的证明
空气里洋溢着海洋上面吹过来的温湿的气息
脚下的泥土混合着青草的味道
蒲公英开着黄白色的小花
在这样铺陈开来的场景中，往生的人们
他们曾经的痕迹不显山不露水
却又赋予我们一种迷人的清醒
我们知道来路，同时懂得去途
两个截然不同的世界，恰当的平静
我们活在我们的话语中
他们活在空气里流淌着的音乐声中，或者
那些孤独下坠的、正在落叶的枝头
以及飞鸟突然掉下的一片羽毛之上

不要尝试寻找两者可以同时栖息的角落
不要刺激神明的宽容，有些地方我们永难企及
虽然我们的记忆力很好。可是
很明显有些别的东西，一些说不出口的东西
更为重要
祭奠是一场庄严的仪式，但不会没完没了
很难说，那些我们爱着的逝去的人
会选择以怎样的方式游荡在我们的生活之中
但是我们，可以选择永远怀着善良的品质
简单生活。在鲜明的岁月变得彻底黯淡之前
有些人永远在场
哪怕以缺席的形式
这肯定是一种，稀松平常的幸福
（黑夜不会害怕，它再也没有什么可以失去）

2021-04-04

注：今日清明。

风暴

生活，恰恰是不顺从。

——加缪

空气里烟雾弥漫
那是艾草在燃烧
微微的夜风，吹起纤薄的书页
发出轻轻的，好像不想为人所知的咳嗽声
此刻，诗歌与黄金一起缺席
缺席于这场沉默的风暴里
抽油烟机一直奔忙着、抖动着
土陶罐里的药材翻滚着，起起伏伏
你看着里面的黄芩黄连在苦苦相恋
你想象着炙甘草带给你些许甘甜的味道
炉灶上那小小的、蓝色的火苗
你最后的坚持，以及骄傲
生活的各种试探、磨难，背负着你
隐忍与克制。你将每一阵风暴都当成一次告别
然后在每一个新的早晨，轻轻对自己说一声
你好。

疼痛从来不敏感，它只是持久
它很难蒙蔽你的心，只会为难你的胃
你不会轻易同意，缺席于你孜孜以求的未来

滚烫的药汁
沿着罐子光滑的内壁向上攀爬
在到达陡然收紧的壁脖之前，谨慎地落下
看，所有的动静不大不小
（好像一场可有可无的风暴）
刚好你可以关注自己的肉身
又不至于丢失了灵魂

2021-04-07

后记

生活需要回望

每天清晨睁开眼睛，喜悦的心情总是浮上心头眉梢。“我又拥有了新的一天，我可以做些什么呢……”诸如此类的念头充斥于我的心头，在这个燠热的晚春，竟然令我经常忽略天气的湿热。再一想，是呢，到今天我竟然还没有在家开过空调，无论是白天还是黑夜，我就是这样甘之若饴。唯一的一次例外是朋友来访，我提前将空调擦洗干净后打开了，静候他们的光临。对外界的温度湿度不再特别敏感的我，开始喜欢起光影的变化，比如冬天的满室金光到了春天慢慢向窗外撤退，太阳和地球的夹角在时光不知不觉的流逝间变小了，阳光不再像冬天那样到处追着困在室内的人跑，它逐渐喜欢起室外的生活了；我开始喜欢去雨后的花园散步以便猛嗅玉兰花香的肆意，还有捡起被风雨扫荡到地面的玉兰花，感觉花儿与我心有戚戚焉的诗情画意，于是在心里面作起一首又一首诗来，带着一些隐秘的惬意。一首诗可以说明什么？我是不知道的。我只知道，在时日艰难的时候，我喜欢读李白天马行空的潇洒，读杜甫心系苍生的博大，读庄子的旷达，读陶渊明的孤寂……经历一次疫情，经历了相对自闭的空间下的彷徨、瞻望甚至困惑与伤痛，有些人，有些事，也在“疏影横斜水清浅”的吟诵声中走散了，无法回头。

当然，我也不是每天都早起的，偶尔也有不想起床的时候，正在度过的这个春天，我就有那么几次赖床的经历。醒是醒来了，隔着窗帘听着外面的小鸟在窗前啁啾，我就产生了一种置身于森林里的错觉，很想成为一只鸟，成为一段潺潺的流水，成为一颗圆润的鹅卵石，成为挂在枝头的一粒松果，或者成为一片缓缓飘落的树叶，都可以。这里我没有办法用恰当的文字来形容那时那刻的心情，文字替代不了那种情绪。文字本身是语言的缩略，语言如果有尽头，也不该是表达的尽头，语言的尽头是爱起始的地方，它本身有着星辰大海般的宽阔。我就那样静静地躺着，鸟儿的天籁之音将浩渺的天空与我居住的十八楼之下的大地毫无障碍地联结在一起，这是我经历的最最遥远的距离的联结，这种感觉，和坐飞机的感受千差万别。当我真正从沉迷中醒来，还是愿意落笔成诗，记下我神游时那美好的仙境。我是真的抵达过那片迷人的森林呢，还是就是一场有意为之的梦境？这个对我来说，不是个问题。就如一个婴儿在饥饿时寻找妈妈的乳房，在吸吮上乳汁的那一刻，谁也不可以打扰他，谁也不可以夺走他的母亲给予他的爱与温柔。写诗对我来说，和静思、冥想、枯坐、饮茶、打扫卫生、做一顿饭等等等等，大约是同一种意义，是一种必须身体力行的经历，是一种纯粹的参与和记录，是自己给予自己的岁月温柔。在深圳常年潮热的气候里，写作诗歌，本身就具有清凉自身的积极意义。同时，它也是一把懂得保护我的利刃，像一个完美的神话，将我阻挡在不想涉猎的俗世之外。嗯，一个神话：

时光粉碎了所有的记忆

（如果你正在阅读，并提笔隔空帮我改成“碾碎”，我毫无异议。）

我甚至不记得
多年以前，多年以前
我那么认真思考过很多年以后，我们
还会不会在一起倾听大海的涛声

（你要是愿意，改成浪花的嬉笑声吧。）

我一直记得一句电影台词——“最后烧完那根香的人，会获得幸福。”你看，我一根接一根，烧完无数根香了，幸福站在哪里？我一直努力生活。我一直，和最亲爱的自己，站在一起。

时光淬砺了容颜，以及记忆
一些失败，看上去，纯洁又美丽。

青春的面庞
隐藏在长江、珠江的暗流之下
不难想象她的归宿，东海与黄海的交汇处
那里常年涛声阵阵。平静。疯狂。
伤心并且缠绵的往事，很难再还原
像这节气上标注的初夏的晚上七点半时分的天空的微光
抚摸着我的全身，尤其是裸露在外的两只耳朵
麻丝丝地痒
……

我是时光里的我，永远都是。
我在你的记忆空间里，也是一个神话吧。
这么多浅薄的文字，连续成
光阴里昂贵的故事。

谢默斯·希尼写过："我写诗／是为了认识自己，是黑暗发出回音。"这几句诗，是上面这首诗的缘起。美好的事物总是易逝，崇高的品质在时间的打磨下逐渐变得面目可疑，忧愁总是找不到出路，回望里充满伤与痛。比如春天的风，我以为她是温柔

的，她却在我刹那的恍惚间旋起一个又一个漩涡，试图卷走一切美好生活的可能。没有期待中凛冬逝去的博爱，没有神明庇佑的痕迹。看着散落在日子里的沉渣碎屑，我努力回想着对过往生活的记忆，在这样一个明确的环境里。生活需要继续，诗歌需要继续，爱需要继续。身处生活的藩篱之中，我情愿忘记陆龟蒙在《丁香》一诗中的愁苦："江上悠悠人不问，十年云外醉中身。殷勤解却丁香结，纵放繁枝散诞春。"因为我就是万千普通人中的一个。我们每一个普通的人，谁会忘记自己人生中的高光时刻呢？每每写下一首由内心流淌出来的诗歌，总是轻而易举地成就了我人生的高光时刻。这样的高光时刻何其多也。生而为人，我非常幸福。

我现在理解的艾略特所写的"四月是个残忍的季节"，与前几年的理解已经有很大的不同，这令我欣喜，每天的我都是崭新的我啊！春天将在四月彻底逝去，这是无可避免的痛。然而，在大地上我们只过一生，为什么不努力去奋斗、去书写、去尽兴，从而期待不必等到最后，而是在琐碎的日常中获得珍贵的宁静呢？行文至此我发现，春天真的是写诗天啊，在春天里我创作的诗歌数量，大约是秋冬两季的总和。

平静，是一种美好的力量。不必愤世嫉俗，也可以写出美好的诗歌。然而，生活终究需要回望。凝眸间，诗歌是其中最好的载体。我是多么渴望，在诗歌的怀抱里，徜徉千万年。

是为诗集后记。谢谢刘春老师推荐。

孙晨云

2021 年 4 月初稿

2021 年 10 月终稿